« PAVILLONS »

Collection dirigée par Claire Do Sêrro

DU MÊME AUTEUR

Chez le même éditeur :

Un tramway nommé Désir, « Pavillons Poche », 2017
La Chatte sur un toit brûlant, « Pavillons Poche », 2018
La Ménagerie de verre, « Pavillons Poche », 2019
Le Poulet tueur et la folle honteuse, 2008 ;
« Pavillons Poche », 2020
Le Boxeur manchot, « Pavillons Poche », 2020
Sucre d'orge, 2006 ; « Pavillons Poche », 2020
Soudain l'été dernier, « Pavillons Poche », 2020

TENNESSEE WILLIAMS

NOUVELLES DE JEUNESSE

Traduit de l'anglais (États-Unis)
par Aline Azoulay-Pacvoň

Robert Laffont

Titre original : THE CATERPILLAR DOGS AND OTHER EARLY STORIES

ISBN : 978-2-221-27957-1
(édition originale : ISBN 978-0811232326, New Directions, New York)
Dépôt légal : janvier 2025

Éditions Robert Laffont – 92, avenue de France, 75013 Paris
serviceclients@lisez.com

Préface

Moments de vie d'un employé de bureau

En 1932, à l'issue de trois années d'études, Thomas Lanier Williams quitta l'université du Missouri, non diplômé, pour un poste d'employé de bureau anonyme, et passa les trois années suivantes à taper des bons de commande, à cocher des feuilles d'inventaires, et à griffonner discrètement des poèmes sur les couvercles des boîtes à chaussures de l'International Shoe Company de Saint-Louis. Cornelius Williams, qui n'avait jamais encouragé les ambitions académiques de son fils, avait perdu patience lorsque Tom, ainsi qu'on l'appelait à l'époque, avait été rejeté par la ROTC, organisation militaire chargée de l'entraînement des officiers de réserve des forces armées des États-Unis. C'est lui qui avait exigé du jeune homme qu'il abandonne ses études pour prendre un emploi au sein de la fabrique de chaussures où il travaillait lui-même comme responsable des ventes. Devoir partir au seuil de sa dernière année universitaire était déjà en soi humiliant, mais Tom dut en outre renoncer aux amitiés qu'il y avait nouées, aux seuls moments d'indépendance qu'il ait jamais connus, et tourner le dos au campus dans lequel il évoluait en toute liberté pour regagner un foyer dysfonctionnel et une ville aussi complexe que polluée. Le soir, à la maison, Tom s'attelait à l'écriture de poèmes, de pièces en un acte et de nouvelles qu'il soumettait à des magazines et à des jurys de concours. Écrire était son exutoire.

Le désordre régnait chez les Williams, la situation familiale était chaotique depuis ses plus tendres années. Ses parents avaient quitté Clarksdale, une petite ville du détroit du Mississippi, pour Saint-Louis en 1918, alors que Tom n'avait que sept ans. S'il retourna à Clarksdale pour y effectuer l'année scolaire suivante et y passa de nombreux étés chez ses grands-parents, l'installation de la famille à Saint-Louis contraria de façon permanente la trajectoire de son existence. Sa mère, Edwina, une fille de pasteur choyée à la sexualité refoulée et sujette aux crises d'hystérie et de paranoïa, n'était pas préparée à élever deux enfants, et encore moins à les élever dans une ville aussi surpeuplée que Saint-Louis. Alimentées par le goût immodéré de Cornelius pour le jeu et la boisson, des disputes permanentes opposaient ses parents, tandis que la famille allait de location en location en quête de confort et de reconnaissance sociale. École après école, Tom et Rose, sa sœur aînée, se retrouvaient invariablement en marge de leurs classes respectives. Tom apprit à compter sur sa sœur, seule personne du foyer apte à lui offrir une certaine stabilité. Cependant, à l'adolescence, les premiers signes du trouble mental de Rose apparurent et, bientôt, ses crises et ses obsessions – de nature sexuelle essentiellement – s'aggravèrent.

En dépit des mœurs libérales des années folles, Edwina interdisait toute allusion au sexe ou à la vie intime aux deux adolescents. Une fois à l'université, Tom ne manquerait pas de partager avec sa sœur les commérages croustillants des fraternités du campus. De son côté, Rose enverrait à son frère le sulfureux magazine *Ballyhoo*, qui regorgeait de bandes dessinées salaces et de parodies suggestives, se qualifiant elle-même de « catéchiste amatrice de cigarettes, de danse et de jeux de cartes ». En dépit de son effronterie apparente, Rose était atteinte d'une affection mentale qui excluait toute possibilité d'entretenir la moindre liaison amoureuse sérieuse ; et, s'il avait un goût affirmé pour les romans scandaleux de D. H. Lawrence, la vie sociale de Tom à Saint-Louis était des plus limitées, sa vie sentimentale inexistante, et son orientation sexuelle incertaine.

À cette époque, la ville de Saint-Louis était aux prises avec la Grande Dépression. Une émeute avait éclaté devant l'hôtel de ville, entraînant la mort d'un homme noir, tué par la police alors qu'il manifestait contre l'indifférence de la municipalité envers les pauvres. Des grèves ouvrières avaient entraîné la faillite d'entreprises de premier plan. La jeunesse sans emploi sautait à bord de wagons de marchandises pour fuir la ville. Des bidonvilles, baptisés « Hooverville », s'improvisèrent le long du fleuve Mississippi, à l'endroit où se trouve désormais la Gateway Arch. Les quartiers interraciaux et multiethniques se déplacèrent à mesure que l'économie rebattait les cartes des locaux. Williams se lia d'amitié avec les leaders du parti communiste allié au Syndicat des artistes et écrivains de Saint-Louis. Joe Jones, membre de l'organisation, y enseigna l'art à des hommes afro-américains jusqu'à ce que la police ferme l'atelier en raison de la fresque murale qu'ils avaient réalisée, hostile au pouvoir civique et religieux. Une autre connaissance de Tom Williams, l'auteur Jack Conroy, publia des romans prolétaires acerbes, et l'autrice locale, Josephine Johnson, reçut le prix Pulitzer pour *Novembre*, un roman sur le poids économique écrasant qui avait pesé sur les épaules des fermiers du Missouri. Dans le quartier de Tom Williams, des étudiants radicaux de l'université de Washington marchèrent dans les rues, et des troupes de théâtre progressif produisirent des pièces antimilitaristes et pro-ouvrières. Le tourbillon politique et artistique au sein duquel il évoluait à cette époque exercera une grande influence sur ses premiers écrits.

Les journées de travail de Tom étaient envahies de formulaires à dactylographier, de boîtes à livrer et de commandes à taper pour des patrons indifférents. De retour chez lui, il se consacrait à l'écriture dans le secret de sa petite chambre, pour contrarier son père, éviter de voir sa mère et se soustraire à la compagnie de sa sœur. Illustrant déjà un talent de fin observateur de la vie, il écrivait sur les êtres qui l'entouraient. Sous la forme de poèmes, de pièces de théâtre ou de nouvelles, il leur imaginait une vie intime, des ambitions, des déceptions, ce qui, dans une certaine mesure, lui permettait d'écrire sur lui-même. Fort de son succès d'auteur, au lycée – sa nouvelle « La vengeance de Nitocris » ayant été publiée en 1928 dans le magazine *Weird Tales* –, il envoya d'autres nouvelles à des magazines littéraires, se décrivant comme un talent « caché ». Conforté dans son ambition par les prix reçus lors de compétitions littéraires universitaires, il soumit des écrits à des concours organisés par des associations telles que la Guilde des écrivains de Saint-Louis, et en retira une certaine notoriété. La guilde lui décerna un premier prix pour sa nouvelle « Stella pour étoile ». Dans une lettre adressée à la nouvelliste Josephine Johnson, il écrivit : « Étant donné que vous êtes la seule membre de la Guilde des écrivains que je connaisse personnellement, c'est à vous que j'adresse ces remerciements en espérant que vous les communiquerez au reste de la guilde et au jury du concours. » Sa lettre offrait ensuite une évaluation de sa propre écriture. « Elle est saturée d'insignifiances grandiloquentes, les personnages ne sont pas développés de manière cohérente, et la dimension romantique… est sirupeuse à un degré presque insupportable. Mais j'essayais simplement de lui insuffler une dimension poétique, et il me semble que j'ai peut-être réussi en cela. »

Un mois après avoir remporté le premier prix de la Guilde des écrivains de Saint-Louis, en 1935, Tom Williams souffrit d'une dépression nerveuse, vraisemblablement provoquée par son activité professionnelle démoralisante et l'annonce des fiançailles de son amie d'enfance, Hazel Kramer, qu'il rêvait d'épouser. Pour l'aider à se remettre de cette crise, Tom fut envoyé à Memphis passer l'été chez ses grands-parents. C'est au cours de ce séjour qu'il s'attela sérieusement à l'écriture théâtrale. De retour à Saint-Louis, Williams rejoignit une troupe de théâtre amateur dynamique, The Mummers (Les Mimes), et se forgea une nouvelle identité d'auteur de théâtre. Deux ans plus tard, il quitta Saint-Louis pour suivre des études d'écriture théâtrale à l'université de l'Iowa, à l'issue desquelles il réussit enfin à échapper à sa famille, s'installant à New Orleans en 1939. Il troqua l'identité de Thomas Lanier Williams pour celle de Tennessee Williams. La plupart des nouvelles écrites à Saint-Louis au cours de sa jeunesse furent remisées à la cave par sa mère lorsque l'écrivain se tourna résolument vers le théâtre.

C'est grâce à l'écriture que le jeune Tennessee Williams réussit à échapper au chaos de la maison familiale et à l'absurdité de son travail d'employé de bureau. Mais son expérience du quotidien d'une ville industrielle des années 1930, traversée par des bouleversements sociaux, imprègne son écriture de l'époque. Bien qu'il n'ait jamais sauté à bord d'un train de marchandises en marche, n'ait jamais été leader politique local et n'ait jamais manifesté dans les rues de Saint-Louis, ses écrits de jeunesse sont ceux d'un prolétaire pétri de romantisme, ou ainsi que le formulera l'universitaire Christopher Bigsby, ceux d'un « radical du cœur ». Dans le présent recueil de nouvelles, il nous offre une série d'esquisses de ses concitoyens. Ce sont des « Instants de la vie d'un employé de bureau », et plus particulièrement ceux de la vie de l'employé anonyme Tom Williams, alors qu'il travaille dans le gratte-ciel de l'International Shoe Company du centre-ville. Ses personnages, comme leur auteur, évoluent au cœur d'une société en proie à une crise économique majeure, traversée par d'importants bouleversements sociaux : un étudiant énamouré, un pasteur retraité, une sténographe en vacances, des amoureux d'un soir, un fils d'immigrés polonais, une descendante de conquistadors espagnols, et un employé désespéré très semblable au jeune Williams lui-même. Dans chaque épisode, Williams les met à nu avec empathie, humour et courage.

Tom Mitchell

Les chiens-chenilles

L'été de ses quatre-vingt-neuf ans, pour la première fois de sa vie, Mlle Angela De Menjos parut sur le point de réfuter le vieil adage selon lequel les vieilles filles fortunées ne meurent jamais. Physiquement, elle était plus pernicieusement robuste que jamais. Mais son vieil esprit implacable montrait des signes de détérioration rapide. Toute sa vie, elle avait été animée d'une sorte de violence inassouvie. Et voilà qu'un terrible calme menaçait de l'envahir. Elle ne cessait d'aller et venir dans son petit appartement du quartier en vogue de la ville, poussant à bout sa femme de ménage d'une quarantaine d'années à force de déranger tout ce qu'elle venait de mettre en ordre. Elle défaisait les lits, arrachait les rideaux de leurs tringles et les tableaux des murs, retournait les chaises ou envoyait voler l'argenterie. Pourtant, il n'y avait plus rien de tempétueux dans ses gestes. Elle exécutait tout cela avec un calme et une détermination absolus. Sa langue aussi était devenue singulièrement inactive. Par moments, elle paraissait même avoir perdu l'usage de la parole. Seuls ses grands yeux noirs persistaient à lancer des éclairs sous son énorme perruque couleur aile de corbeau.

Angela De Menjos était la dernière représentante de sa lignée. Une lignée d'aventuriers, de conquistadors et de pirates castillans. Il était peu probable qu'au cours des siècles passés, un seul De Menjos ait connu deux heures consécutives de paix véritable. L'une des branches de cette famille avait navigué aux côtés de Cortés et s'était installée au Mexique où elle avait accumulé d'immenses terres et vécu à couteaux tirés avec ses voisins. L'autre branche avait choisi la flibusterie, écumé la mer des Antilles pendant plusieurs générations et fini par se fixer en Géorgie juste à temps pour connaître la rébellion coloniale. À la faveur d'une étrange série d'événements, le dernier descendant de la branche géorgienne des De Menjos, une jeune fille pleine de fougue, avait croisé et épousé le dernier descendant de la branche mexicaine de la famille, un jeune Don impétueux. Angela fut leur unique enfant, née, pour leur grand malheur, un peu plus femme qu'homme. Dans ses veines coulait toute la fureur et le courage des conquistadors, et toute la sauvagerie et la friponnerie des boucaniers. Mais elle était née trop tard pour la Tierra Firme. Il ne restait aucun monde à conquérir. Et elle ne disposait pas même des armes qui permettent de s'illustrer dans les combats mineurs de l'amour. Sa nature trop masculine et son corps trop disgracieux n'attiraient guère que les coureurs de dot les plus invétérés, qu'elle perçait à jour et qui ne lui inspiraient que mépris. Peu avant sa vingtième année, sa mère tua son père dans un accès de passion funeste avant de retourner le pistolet contre elle-même. Dès lors, Angela entreprit de courir le monde en quête d'ennuis et n'en récolta presque aucun. Trente ans plus tôt, elle avait fini par se poser à Saint-Louis. D'un point de vue géographique, du moins. Car même dans cette ville paisible du Midwest elle resta animée de cette éternelle violence inassouvie. Une passion tardive commença alors à la consumer. L'hiver qui suivit son arrivée à Saint-Louis, elle tomba très amoureuse d'un jeune cocher qui était à son service. Elle demeura sur place trois années durant, car il était marié et ne désirait pas partir. Après leur rupture, à l'issue d'une scène d'une terrible violence (elle lui frappa la tête avec le manche d'un fouet jusqu'à ce qu'il perde connaissance), elle choisit de rester dans cette ville où sa richesse et son excentricité faisaient d'elle une célébrité locale, tout particulièrement dans les environs des appartements hôtels qu'elle occupait tour à tour. Une longue série de chauffeurs gigolos se succédèrent alors dans sa vie. Leurs ardeurs factices ne la satisfaisant guère, elle en changeait tous les deux ou trois mois et était souvent mentionnée dans les journaux pour avoir déchaîné sa violence sur eux, ce qui l'obligeait à payer de lourdes contraventions.

Elle approchait de sa soixante-dixième année quand toute ardeur sexuelle la déserta. Sa frustration se mua alors en véritable supplice. Elle voyagea encore un peu, séjourna deux saisons durant dans un sanatorium alpin, consulta quantité de psychiatres à Londres, Paris et Vienne, et tenta toutes sortes de cures pour soigner toutes sortes d'affections imaginaires. Puis, persuadée qu'elle était atteinte d'un cancer, elle rentra à Saint-Louis pour y mourir, et y vécut en excellente santé quinze années de plus… jusqu'à l'été de ses quatre-vingt-neuf ans, où ce terrible silence commença à envahir son esprit, comme pour indiquer que la fin était proche.

Depuis trois ans, Angela employait une femme d'âge mûr pour entretenir son appartement. Cette personne était une grosse veuve pénétrée d'une tranquillité si pataude que même notre vieille descendante de conquistadors et de boucaniers avait du mal à la décontenancer. Une unique passion l'habitait : les chiens. Et à son grand désarroi, Mlle De Menjos ne tolérait pas la présence de chiens près de chez elle. Il semblait même qu'elle éprouvait une aversion particulière pour ces animaux. Néanmoins, ayant constaté que les facultés mentales de sa maîtresse s'affaiblissaient, la femme de ménage élabora une duperie des plus astucieuses. Elle s'acheta deux magnifiques pékinois à l'épaisse fourrure brune et les installa dans le cellier de l'appartement. Chaque fois que, les entendant aboyer ou les surprenant à galoper dans le jardin de l'immeuble, Mlle De Menjos s'enquérait avec fureur de leur provenance, la femme de ménage lui répondait qu'ils appartenaient à sa jeune voisine, qui logeait de l'autre côté du couloir.

Pour une raison étrange, cet été-là, la violence de cette vieille fille sur son déclin se concentra sur les deux pékinois. Il suffisait qu'elle entende des petits jappements stridents arriver du jardin pour bouillonner de rage. Sans doute inspirée par leur forme allongée et leur pelage touffu, elle les surnommait les chiens-chenilles. Penchée à sa fenêtre, elle essayait vainement de les chasser du jardin, secouant sa canne et sifflant entre ses dents, « Ouste, ouste, vilains chiens-chenilles ! Ouste ! ».

Mais les chiens se montraient fort peu perturbés par son inimitié. De temps à autre, ils levaient vers elle leurs gueules noires écrasées et la fixaient froidement de leurs gros yeux bruns luisants. Puis, remuant leur queue en panache, ils retournaient gambader autour du jardin plus tranquillement que jamais. S'ils lui avaient opposé une fureur égale à la sienne, lui aboyant dessus ou manifestant un tant soit peu de contrariété, elle se serait sans nul doute apaisée. Mais l'indifférence totale que leur inspirait sa personne la rendait folle.

Elle finit par appeler la jeune fille qui habitait l'appartement d'en face. Son agitation était telle que ses paroles étaient presque inintelligibles au téléphone. Elle ne cessait de répéter « Je ne veux plus les voir fouiner dans mon jardin, ces vilains chiens-chenilles ! ».

Lorsque la jeune fille comprit enfin de quoi il était question et qu'elle eut l'occasion de parler à son tour, elle nia avec colère être liée de quelque manière que ce soit à ces chiens, rappela à Angela que le jardin n'était pas sa propriété exclusive, et, plus exaspérant encore, elle plaida clairement en faveur des pékinois.

Un samedi après-midi de la fin du mois de juillet, les occupants des appartements voisins profitèrent tous du spectacle des plus captivants qui se joua dans le jardin. Alors que les pékinois prenaient un peu l'air, trottinant dans la cour bordée de parterres de fleurs en reniflant, Mlle De Menjos émergea de son aile du bâtiment brandissant un long coutelas étincelant. Il s'agissait d'une relique que les descendants de la branche de boucaniers de la famille De Menjos se transmettaient de génération en génération. Armée de ce poignard en parfait état de conservation, qui avait trempé dans le sang d'un nombre incalculable de matelots, de capitaines de navire, de tuniques rouges anglaises, de Mexicains et de Yankees (les De Menjos s'étant illustrés dans toutes les guerres américaines depuis la Révolution), la dernière descendante de cette lignée sanguinaire pourchassa les deux pékinois autour du jardin. Personne, pas même la femme de ménage, qui aimait ces chiens de toute son âme, n'osa intervenir pour mettre un terme à cette terrible poursuite. L'homme à tout faire, qui arrosait les parterres de fleurs, tenta bien d'orienter son jet d'eau en direction de Mlle De Menjos, pensant qu'une douche froide pourrait la ramener à la raison. Mais, avec un hurlement de pirate et un moulinet de son bras armé du coutelas, elle le mit aussitôt en déroute, lacérant le bas de son pantalon tandis qu'il s'élançait tête baissée par-dessus la haie, après quoi la course-poursuite reprit. Sottement, les chiens ne cherchèrent pas à se réfugier dans l'immeuble, dont la femme de ménage maintenait la porte ouverte, les appelant d'une voix éperdue. À l'évidence, ils jaugeaient mal le sérieux de la situation. Esquivant le coutelas de justesse, encore et encore, ils persistaient à cavaler autour de la silhouette démente, s'imaginant sans doute, à en juger par leurs aboiements joyeux, qu'il s'agissait d'une sorte de jeu. Chaque fois que Mlle De Menjos faisait volte-face pensant en fendre un en deux, l'autre bondissait sur elle par-derrière et refermait sa gueule sur ses jupes. Pour une femme de quatre-vingt-neuf ans, elle se mouvait avec une vélocité remarquable. Mais les chiens-chenilles étaient trop rapides pour elle. La fatigue la gagna bientôt. Son souffle s'éleva en longs râles terrifiants, et son corps se mit à tanguer de manière incontrôlable. Pourtant, le coutelas bien en main, elle persistait à lacérer l'air sauvagement ! Son visage écarlate de fureur luisait de sueur, ses yeux immenses rougeoyaient telles des braises noires, sa perruque avait glissé sur son front, et ses paroles n'étaient plus que hoquets et trémolos extatiques lorsqu'elle hurlait des invectives en anglais ou en espagnol aux pékinois ravis. Mais, pour la première fois de sa vie, elle s'amusait follement. Ses chauffeurs gigolos avaient toujours accepté ses coups avec passivité, trop terrifiés pour riposter. Pour la première fois, enfin, ses assauts rencontraient une résistance physique. Pour la première fois, enfin, on essayait de la mordre, on lui aboyait dessus, on se jetait sur elle de manière menaçante. Pour la première fois, enfin, elle trouvait ce qu'elle avait cherché toute sa vie.

« Satanés chiens-chenilles ! vociférait-elle. Sales petits chiens-chenilles ! Je vais vous faire passer l'envie de renifler mon jardin ! Je vais vous *trancher la tête* ! Je vais vous écorcher *vifs* ! »

Dans un ultime accès de furie extatique, Mlle De Menjos fendit l'air de son épée pour l'abattre sur l'une des créatures galopantes. La lame atterrit un mètre derrière le panache brun flottant au vent, inoffensive. Alors qu'elle lacérait l'air de plus belle, poussant un ultime cri de pirate à vous glacer le sang, Mlle De Menjos trébucha et tomba à terre. Elle était déjà raide morte quand les habitants de l'immeuble effarés trouvèrent le courage d'émerger du couvert du bâtiment.

De fait, les deux chiens-chenilles furent les premiers à se porter à son secours. Ils passèrent leurs longues langues chaudes affectueuses sur le visage suant écarlate de la mourante et taquinèrent de leurs crocs ses doigts osseux recourbés. L'un d'eux referma sa gueule sur la grande perruque comme l'on s'empare d'un pavillon ennemi, avant de se remettre à cavaler autour du jardin baigné de soleil.

La saison du raisin

Je devais entrer à l'université à l'automne de cette année-là et mes parents pensaient que j'avais tout à gagner à m'étoffer un peu dans un camp d'été pour les garçons. Ils choisirent de m'envoyer dans la région des monts Ozarks, au bord d'un lac magnifique. Mais ce camp-là n'était pas réservé aux garçons. Il était mixte et ouvert aux gens de tous âges. L'endroit était d'une rusticité agréable, mais je fus dépité lorsque je découvris que la plupart des jeunes gens lui préféraient un autre camp situé quelques kilomètres plus bas, en direction du barrage. Je connus, cet été-là, de ces longs moments de solitude qui profitent rarement aux garçons de dix-sept ans.

La saison se révéla aride. Il ne plut presque pas. Pourtant, la région des Ozarks, avec ses douces collines verdoyantes, ses lacs et ses rivières limpides, ne vira pas au brun terne, à la différence de la plupart des campagnes en temps de sécheresse.

Les saules pleureurs qui bordaient le lac demeurèrent d'un vert translucide, et, vers la fin du mois de juillet, les coteaux boisés semblèrent éclaboussés des nuances violacées, rouges et ambrées des vignobles. Même quand ces couleurs s'approfondirent, au fil du temps, elles ne suggérèrent à aucun moment ni la sécheresse, ni l'arrêt de la vie. Elles exprimaient au contraire une opulence, un déchainement de vie. Et lorsque vous traversiez ce paysage à bord d'une voiture décapotable, l'air avait la saveur du raisin qui foisonnait à cette époque-là ; quand les champs de maïs jaunissaient, s'alanguissant, et que les grappes violacées proliféraient sur les vignes, comme pour se conformer à un pacte secret conclu avec la nature, ou alimentées par un réservoir de vie souterrain invisible ; et quand des paysans élancés entassaient ces grappes dans de grands paniers blancs, puis allaient se poster au bord des routes et des autoroutes baignées de soleil et criaient, « Raisin, raisin, raisin », en sorte que les fruits sucrés envahissaient autant vos oreilles que votre champ de vision, vos narines que votre bouche, et qu'il vous semblait que la campagne vibrait corps et âme de cette vaste efflorescence violacée.

J'ignore si je subissais l'effet grisant de l'air aviné, j'ignore si je le devais à ces longs moments d'inhabituelle solitude, mais, cet été-là, je sombrai dans une sorte de ravissement, d'ivresse versatile, qui me troubla et m'effraya plus qu'un peu.

J'étais un garçon plutôt actif. J'avais toujours été l'incarnation du jeune extraverti, aimant le sport et la compagnie d'autres garçons, n'ayant que peu de temps à consacrer à la lecture et aux réflexions abstraites, et guère plus à l'étude approfondie du mystère que constituait ma petite personne, si bien que, au fil de cet été aride passé au bord de ce magnifique lac, alors que je me laissais glisser vers ce penchant pour l'introspection, la rumination et la rêverie, m'interrogeant sur moi-même, la vie et le sens de chaque chose, j'avais l'impression d'émerger d'un long rêve, ou, au contraire, de m'y plonger. J'étais seul, effrayé, et néanmoins étrangement paisible.

J'avais pris l'habitude de descendre au lac juste après le petit-déjeuner, de désamarrer une barque ou un canoë du ponton gris brinquebalant, de ramer ou pagayer jusqu'à ce que je me trouve à mi-distance des deux rives, puis, après avoir ôté tous mes vêtements à l'exception de mon short de bain, de m'allonger et de me laisser porter par le léger courant sous les rayons brûlants du soleil d'or, tandis que, à l'image de l'embarcation, ma conscience s'abandonnait à de douces vagues de rêveries et de songes.

Parfois, au fil de ces égarements, je m'endormais. À mon réveil, je découvrais autour de moi un paysage inconnu. Tantôt j'avais dérivé à des kilomètres du camp et, pendant que je sommeillais, le soleil avait atteint son zénith et le lac s'était rétréci ou élargi. Tantôt je m'étais rapproché de la rive et me découvrais tout près d'un mur de pierres grises luisantes d'eau dont dépassaient des ajoncs et des fleurs étranges, ou encore sous un merveilleux dôme de branches de saule pleureur vert et or, qui abritait de son ombre mon vaisseau échoué, dans l'air stagnant, quasi immobile, quasi silencieux, de la mi-journée.

Et toujours, plus loin, en suivant le parcours du lac, les vastes vignobles s'étiraient, et, tout immobile que fût l'air, il charriait invariablement un léger effluve de vin.

Allongé au fond de ma barque, je fixais ce sur quoi mes yeux s'étaient ouverts, sans tourner la tête ni esquisser un geste, de crainte de rompre le charme. Je m'imaginais alors que, durant mon sommeil, j'avais réellement dérivé vers un lieu inconnu, vers quelque royaume mythique, Avalon ou autre, dans lequel toutes sortes d'étrangetés pouvaient se produire, et, souvent d'ailleurs, se produisaient.

Il m'était toujours difficile de m'extirper de ces songes. Il m'était difficile de détourner les yeux, hypnotisé que j'étais par le mur de pierres grises luisantes, ou le dôme éblouissant de feuilles de saules illuminées par le soleil, pour les poser sur l'étendue vert olive du lac. Je me sentais étrangement engourdi et vidé lorsque je finissais par me redresser. Dans un état qui ressemblait moins à la torpeur qui suit les longues siestes de la mi-journée, qu'à celle qui vous envahit quand les effets d'une drogue puissante commencent à se dissiper. Parfois, je me sentais si affaibli que j'avais toutes les peines du monde à ramer ou pagayer à contre-courant. Et à chaque fois, j'aurais été incapable de dire ce qu'il s'était passé en moi pendant que je rêvais, ou combien de temps ce rêve avait duré, ou pourquoi (au nom du ciel) je me comportais de la sorte ! Étais-je en train de perdre la tête ?

Au fil de l'été, la population du petit campement ne cessa d'augmenter. Chaque week-end, une ou deux voitures arrivaient de Saint-Louis, de Kansas City, ou de coins plus éloignés encore. À mon arrivée, au début du mois de juin, l'endroit étant quasi désert, la solitude me pesait si douloureusement que j'attendais avec impatience que d'autres personnes, peu m'importait qui, finissent par apparaître. Mais j'avais changé, depuis. Je ne ressentais plus la moindre pointe d'excitation lorsqu'un groupe ou une famille faisait son entrée au camp, je ne me demandais plus si j'allais m'entendre avec les nouveaux venus, je ne détaillais plus leur équipement sportif avec enthousiasme avant de découvrir avec déception que, pour la plupart, ils étaient soit trop jeunes, soit trop vieux pour moi. Depuis, la vue d'une voiture poussiéreuse remontant l'allée du campement avec raquettes de tennis, cannes à pêche, et visages souriants implorant les occupants de ce lieu de les accepter en son sein, ne me procurait plus aucun plaisir ; au contraire, elle réveillait en moi une vague contrariété. Je me transformais en vieillard grincheux qui ne désire rien tant que de se trouver un coin paisible pour dormir, à la différence près que je ne souhaitais pas tant dormir que rêver.

C'est à ce moment que je commençai réellement à être effrayé de ce qu'il m'arrivait. J'interrompis aussitôt mes sorties en solitaire, me liai d'amitié avec un jeune professeur qui passait ses vacances au campement, me mis au tennis, appris à jouer au bridge avec un groupe de jeunes mariés, et m'efforçai d'éviter de penser aux rayons du soleil sur le lac et sur ma peau nue, ainsi qu'au parfum délicieux du raisin violacé.

L'été touchait à son terme quand je fis la connaissance d'une jeune fille. Elle ne me paraissait pas particulièrement attirante. Ni jolie, ni laide. Peut-être était-elle belle, dans le fond, mais j'étais encore trop jeune pour trouver chez une femme de la beauté ailleurs que dans les contours d'un visage et d'une silhouette. Elle devait avoir vingt-cinq ans, ce qui constituait une différence d'âge considérable, et il était évident qu'elle se sentait seule, terriblement seule, et qu'elle désirait tout aussi ardemment se lier à quelqu'un que je désirais m'enfuir pour aller flotter, seul sur le lac.

Le jeune professeur m'avait prêté des livres. La pile comprenait un ouvrage de Nietzsche que je trouvai particulièrement perturbant.

Était-il possible, me demandai-je, que tout soit aussi futile et intangible que Nietzsche le donnait à penser ? Je finirais par repousser ce livre avec un haussement d'épaules, et reporterais mon attention sur les rayons du soleil sur ma peau et le lac, et la fragrance mystérieusement suggestive du raisin. Un doute si colossal n'a pas sa place dans une vie, après tout ! déciderais-je.

J'étais en train de le lire, un soir, sur la terrasse du chalet principal, qui faisait face au lac, d'humeur particulièrement rebelle envers ses doctrines, quand la fille apparut et s'installa dans le fauteuil en osier voisin du mien. Sans détourner les yeux de l'ouvrage, je devinai qu'elle me regardait, hésitant peut-être à entamer la conversation. Ce n'était pas la première fois qu'elle m'observait. Elle séjournait au camp depuis deux semaines déjà. Je n'avais été que vaguement conscient de sa présence en ces lieux, du fait que mes sens encore en sommeil ne la jugeaient pas attirante et qu'elle avait facilement sept ou huit ans de plus que moi. Mais je faisais plus que mon âge, à ce moment-là. J'étais grand et j'avais une petite moustache, en plus de cette attitude inhabituellement sérieuse et pensive.

Quand il fit trop sombre pour continuer ma lecture, je posai le livre sur mes genoux et jetai un œil prudent au profil de la fille. Mon cœur se serra soudain de pitié. Une expression empreinte de désespoir s'était installée sur son visage. Elle ne regardait plus ni le coucher de soleil, ni le lac, ni rien de visible de la terrasse du chalet, et cependant, ses yeux étaient grands ouverts.

C'est une petite sténographe de Saint-Louis ou de Kansas City qui est venue ici pour rencontrer des jeunes gens ou de prendre du bon temps, pour tomber amoureuse et se trouver enfin un mari, et elle n'a trouvé ici que deux jeunes hommes, le professeur binoclard qui se recroqueville à la vue d'une jupe, et moi, qui suis assis ici, à lire Nietzsche, à réfléchir à des problèmes existentiels abstraits, et surtout, à désirer qu'on me laisse en paix...

Je n'avais reposé mon livre que depuis une minute ou deux, mais, depuis, je l'observais avec une telle intensité et un sentiment de clairvoyance si singulier qu'il me semblait la connaître depuis assez longtemps déjà. J'entamai la conversation. Je fus content de voir l'expression désespérée déserter son visage qui sembla s'animer. Elle se mit à se balancer sur sa chaise, puis la rapprocha de la mienne, et, bientôt, nous discutions comme deux amis intimes.

« Il y a un bal à Branson, ce soir, me fit-elle soudain remarquer. Tu aimerais m'y emmener ? »

Si j'y avais réfléchi à deux fois, j'aurais refusé. Avant mon entrée à l'université, mes jambes se comportaient comme des échasses chaque fois que je me mettais à danser et je n'avais pas la moindre notion de la façon dont j'étais censé me mouvoir en musique.

Mais la lecture avait rendu mon esprit vaporeux et l'attitude de cette fille était particulièrement insistante. J'avais accepté sa suggestion sans réfléchir et nous prenions déjà le chemin de Branson. Cette petite ville à flanc de coteau était un lieu de villégiature populaire ; elle se trouvait à deux ou trois kilomètres de notre campement en descendant le long de l'eau. Nous marchions entre le lac et les collines, discutant à bâtons rompus avec un enthousiasme surprenant. Peut-être que, sans le savoir, je m'étais senti terriblement seul, moi aussi, que j'attendais simplement que quelqu'un rompe la glace. Quoi qu'il en fût, à la lueur du crépuscule, sur le sentier du lac, la fille ne me paraissait plus trop âgée, ni trop opulente. Je remarquai qu'elle avait des airs de gitane, et que ses yeux noirs, son grand nez aquilin et ses lèvres pleines trop rouges exprimaient la sagesse et le bon sens. Je remarquai le renflement généreux de ses seins, et lorsqu'elle prit un peu d'avance sur moi, le balancement puissant de ses hanches. J'éprouvai soudain le désir étourdissant de me presser contre elle et d'être enveloppé de la chaleur qui semblait émaner d'elle.

« Tu aimes le vin ? » me demanda-t-elle alors que nous nous apprêtions à traverser le pont.

Je reconnus que je n'y avais jamais goûté. L'été précédent, quand mon grand-père m'avait emmené en Europe, j'avais essayé la crème de menthe dès que le bar avait ouvert ; nous n'étions encore qu'à quelques miles de la côte quand j'avais été saisi d'un violent mal de mer. Je ne supportais plus l'odeur de l'alcool depuis.

« Mais ce sera différent, cette fois, dit-elle. Tu sens cette odeur de raisin ? »

Nous nous arrêtâmes au milieu du pont, et comme il fallait s'y attendre, le vent qui balayait le lac souffla jusqu'à nous des effluences de raisin.

« C'est délicieux ! m'exclamai-je.

— Je connais un endroit – une vieille cabane de paysans tout près de la ville – où on pourrait s'arrêter et boire un chouette vin, reprit-elle, après ça on dansera comme des petits fous ! »

Rieuse, elle attrapa ma main et se mit à courir le long de la route. Ses cheveux noirs volant dans son dos, sa gorge arquée par son élan, sa poitrine opulente oscillant dans le mouvement, tout en elle avait un air délicieusement païen.

« Tu es magnifique, m'entendis-je déclarer d'une voix rauque. Tu ressembles à une déesse des temps anciens, une nymphe, ou une… »

Elle serra mon bras.

« Tu es vraiment bizarre ! » dit-elle.

La cabane de paysans était une maisonnette en bois plantée au bord de la route qui menait à la ville. Devant, dans le jardin, une chèvre blanche mâchonnait de l'herbe. Une vieille dame était assise sur les marches en bois de l'entrée, les mains croisées sur ses genoux. Elle se leva lentement à notre approche. Sans mot dire, elle nous ouvrit la porte et nous nous glissâmes à l'intérieur. Cela se passait peu avant l'époque de la prohibition. Je trouvais aventureux de ma part d'être assis à cette vieille table branlante, avec sa nappe de toile huilée à carreaux et sa lampe à kérosène, tandis qu'un vieil homme en salopette et la femme aux airs de sorcière tiraient des bouteilles d'un tonneau dissimulé dans un coin, les débouchaient, produisant de gros claquements mats, et versaient le liquide violacé brillant dans des tasses de fer froides.

Au début, la boisson me parut plutôt amère. Mais elle n'avait pas le goût d'alcool que je redoutais, si bien que j'en commandai une deuxième, puis une troisième tasse. Assise face à moi, la fille buvait lentement. Elle ne cessait de me jeter des œillades sceptiques, comme si elle essayait de deviner mon âge ou mes autres particularités. Des œillades semblables à celles qu'elle m'avait coulées sur la terrasse, et plusieurs fois avant ce jour. Mais cela ne m'agaçait plus, tout à coup. Au contraire, cela me plaisait beaucoup. J'étais là, à boire du vin en compagnie d'une femme manifestement mature, une fille plus si jeune aux airs de gitane, dont les yeux noirs exprimaient une étrange sagesse.

Qui sait ce que la soirée peut nous réserver ? Les possibilités commencèrent à m'effrayer un peu.

Je basculai en arrière sur ma chaise, me calant contre le conduit du poêle, et lui fis un sourire qui se voulait suggestif mais sophistiqué. Nous nous étudiâmes un moment de cette façon, comme si nous nous comprenions bien au-delà des mots. Lentement, la fille arqua les sourcils, puis plissa les yeux jusqu'à ce qu'ils ressemblent à deux fentes d'un noir lumineux. Ses grosses lèvres maquillées s'entrouvrirent, et, à son tour, elle s'adossa à sa chaise, comme si une question venait d'être posée et qu'une réponse satisfaisante y avait été apportée.

Il me semblait presque l'entendre ronronner sous cape, tel un chat bienheureux.

« Je me sentais si seule au campement, murmura-t-elle, ça ne ressemblait en rien à de vraies vacances avant ce soir. »

Elle leva sa tasse des deux mains, mais au lieu de boire, huma profondément le parfum qui s'en élevait. Elle m'adressa un petit sourire par-dessus son rebord et murmura :

« C'est doux-amer, n'est-ce pas ? Ça me donne toujours envie de rire, ou de pleurer, ou de… je ne sais pas. »

Quand nous ressortîmes de la cabane, il m'apparut que la chèvre blanche du jardin avait des allures de monstre cornu fantastique. La route de terre battue tanguait sous mes pas. Tout me semblait déraisonnablement amusant. Riant à gorge déployée, j'attrapai le bras de la fille, qui, en plus de répondre à mon geste, se mit à rire avec moi, sans cesser de me couler des regards sceptiques.

« Tu es sûr que tu n'es pas trop coincé pour danser ? me questionna-t-elle.

— Trop coincé ! hurlai-je. Mince, je n'ai jamais été aussi *débridé* de toute ma *vie* ! »

Je fus surpris d'entendre la pointe d'hystérie qui perçait dans ma voix, presque aussi aiguë que celle d'une fille. Je m'appuyai, titubant, contre la jeune femme hâlée qui passa un bras autour de moi et me soutint. C'était affreusement ridicule. Elle mesurait presque trente centimètres de moins que moi, et voilà qu'elle m'aidait à me tenir debout.

« Lâche-moi, lui dis-je sévèrement. Je peux parfaitement marcher seul ! »

Elle laissa échapper un rire bref.

« Quel âge as-tu ? s'enquit-elle de but en blanc.

— Dix-neuf ans, mentis-je.

— Vraiment ? Je ne m'attendais pas à ce que tu sois si jeune », dit-elle.

Pendant un moment, après ça, elle parut plus calme et plus distante. Et puis, nous arrivâmes à Branson. Ici, des lampadaires supportant des petits groupes de lanternes éclairaient la rue, il y avait des drugstores et des restaurants illuminés, et un cinéma avec une devanture chromée et des affiches tape-à-l'œil. Et, partout, des foules de vacanciers joyeux vêtus de vêtements d'été de lin ou de flanelle blancs ou de pulls colorés. Plus bas, au bord du lac, l'orchestre jouait à pleine puissance et tout le monde marchait dans cette direction.

C'est alors que la fille parut se ranimer. Elle s'accrocha à mon bras.

« J'aime tellement la danse ! s'exclama-t-elle. On dirait que mes vacances viennent tout juste de commencer ! »

La salle de danse, une longue structure en rondins avec des moustiquaires pour seules cloisons, était éclairée par des lanternes japonaises qui se balançaient inlassablement dans le vent. Mon ébriété se dissipa sitôt que nous fûmes sur la piste. Et pour la première fois de ma vie, je constatai que j'étais capable de me mouvoir en rythme avec la musique. Mes pieds glissaient sans effort sur le parquet ciré tandis que le corps de la fille implorait le mien. Faisait même davantage que l'implorer. Je la serrai plus fort contre moi. Sa chaleur traversa le lin de mon costume et je sentis son souffle humide contre mon cou. Elle s'accrocha à mes épaules semblant réclamer une étreinte plus intime que celle que j'étais en mesure de lui offrir ; et alors, il se produisit une chose qui ne m'était jamais arrivée en présence d'une fille. Honteux, je tentai de m'écarter un peu, mais à ma grande stupéfaction elle s'accrocha à moi de plus belle. Pressant ses lèvres contre mon cou, elle s'accrocha à mes épaules comme si elle était ivre, bien plus ivre que je ne l'étais quand nous cheminions au clair de lune. Nos pieds s'enchevêtrèrent et son corps s'affaissa au point que j'avais l'impression de la traîner à travers la piste de danse. L'onde de chaleur qui m'avait envahi finit par se dissiper. Quand je laissai glisser mon regard sur les visages inconnus qui cernaient la piste, il me sembla que tout le monde nous observait. Je m'arrêtai net.

« Sortons prendre l'air un instant », dis-je sans la regarder.

Mon visage détourné et l'intonation crispée de ma voix furent mal interprétés. Elle répéta mes paroles comme un écho.

« Sortons prendre l'air un instant. »

Nous descendîmes le perron de la salle de danse pour gagner la promenade en bois qui menait à la plage.

Là, tout n'était que sable fin. La bande de plage, pâle et argentée par le clair de lune, s'étirait sur deux ou trois kilomètres de part et d'autre de la rive du lac. Le vent était chargé d'une nouvelle fraîcheur annonciatrice de pluie, bien que les nuages fussent encore épars.

La fille attrapa mon bras et s'arrêta au bout de la promenade en bois.

« Tu sens cette odeur de raisin ? » me demanda-t-elle.

Je frissonnai légèrement. J'avais bu trop de vin. L'ivresse, en se dissipant, me laissait à la bouche un goût douceâtre écœurant.

« Où vas-tu ? » m'enquis-je.

Éclatant d'un rire sauvage, elle venait de s'élancer sur le sable.

Quelques instants plus tard, quand nous regardâmes autour de nous, le complexe touristique, et même les lumières de la ville avaient disparu. Il n'y avait plus que la lune et les étoiles, le vaste silence du lac, et le sable qui crissait sous nos pas. J'avais l'impression d'être un nageur débutant perdant soudain pied. Mais le visage de la fille irradiait littéralement d'une sorte de violence intérieure. Elle se laissa tomber sur le sable, les mains à plat, et fit des mouvements de bras répétitifs, comme si elle nageait. Il me sembla entendre un petit gémissement guttural, ou un nouveau ronronnement de chat. Je fus tenté de m'éloigner discrètement. Toute ma légèreté et mon exubérance m'avaient abandonné. Je n'avais pas envie d'attendre l'étape suivante de l'espèce de fièvre qui semblait posséder cette fille. Je ne me sentais plus ni flatté ni excité. Elle semblait avoir oublié ma présence, à cet instant, tout absorbée qu'elle était par cette chose en elle, cette sorte d'ivresse qui la poussait à pétrir le sable de ses paumes d'une manière que je trouvais vaguement obscène.

Peut-être éprouvai-je de la fascination, à moins que ce ne fût de la peur ou de l'écœurement. Tout était si confus en moi qu'il me serait longtemps difficile de décrire mes émotions après coup. En tout état de cause, je me sentis incapable de l'abandonner là. Mes pieds étaient comme enracinés dans le sable argenté. Je restai debout devant la fille, respirant l'odeur douceâtre écœurante du raisin portée par le vent, attendant que son extase mystérieuse prenne fin.

Au bout d'un long moment, elle releva la tête, écarta des mèches de cheveux de son visage d'une main et me tendit l'autre. Étourdi, je me laissai tomber sur le sable à côté d'elle. L'instant d'après, nous nous embrassions et je sentais sa langue se glisser entre mes lèvres. Mais, si mes actes étaient ceux d'un mâle en proie à la passion, mon esprit se dressait toujours au-dessus d'elle, empli d'une forme de répulsion. Son hâle de gitane, son corps opulent et la sagesse obscure qui perçait dans ses yeux m'apparaissaient soudain dépouillés de tout mystère. Je comprenais pourquoi elle était seule, pourquoi elle affirmait s'être sentie terriblement isolée jusqu'à ce soir. Et en dépit de toutes mes aspirations viriles, je ne pus m'empêcher de craindre cette fille. S'accrochant à mes épaules, elle retomba sur le sable. Sa respiration était haletante et son haleine sentait le vin.

« Retournons au bal, murmurai-je.

— Non, je suis fatiguée de danser, dit-elle. Pourquoi te comportes-tu si bizarrement ? Je ne te plais pas ? Tu me trouves vilaine, ou c'est autre chose ? »

Dieu du ciel, qu'est-ce qui ne va pas chez toi ? me dis-je. *Tu sais ce qu'elle veut ! Tu n'es plus un gamin !*

Mais je ne supportais plus la douceur avinée de son haleine. Je détournai le visage et me levai.

« Allons nous baigner ! suggérai-je avec fougue.

— D'accord ! » dit-elle.

Je songeai trop tard que nous n'avions pas de costumes de bain. La fille se dépouillait déjà de ses vêtements. Elle plongea dans le lac, quasi nue. Je ne pus que l'imiter. Mollement, je me dévêtis et la suivis. La fraîcheur de l'eau me tira de l'état de torpeur onirique qui m'avait envahi corps et âme. J'étais glacé et tout à fait éveillé. Pendant un moment, je retrouvai mon exubérance du début de soirée. Nous nous mîmes à nager et à jouer comme des enfants. Je ne pensais plus ni à sa nudité ni à la mienne.

Je nageais, allant et venant de la plage au large. Quand je regagnai la rive, épuisé, je m'étendis sur le sable et admirai le ciel étoilé, oubliant presque la présence de la fille et ce qu'il s'était passé entre nous quelques minutes auparavant.

Le vent qui balayait le lac s'était rafraîchi. Je fus pris de frissons incontrôlables. La fille barbotait et nageait toujours, poussant des cris de démente. Je me levai et entrepris de me rhabiller. Mais c'est alors qu'elle bondit hors de l'eau.

« Tu es encore mouillé ! s'écria-t-elle. Pourquoi te comportes-tu si bizarrement ? »

Découragé, je retombai sur le sable. Le rire de la fille était moqueur. Elle courut jusqu'au saule sur lequel elle avait pendu ses vêtements et en revint avec la petite veste blanche qu'elle avait emportée pour le bal.

« Tiens ! dit-elle. Voilà qui va nous réchauffer ! »

Les yeux levés vers le vêtement qui volait dans le vent au-dessus de ma tête, tel un fantôme blanc, jaugeant sa longueur, sa largeur, et même son épaisseur, je compris lentement ses paroles, leur signification, l'unique signification qu'elles pouvaient avoir. Je vis son sourire se dessiner dans le clair de lune. Le vent écarta des mèches brunes de son visage mais son corps empêcha son souffle de m'atteindre. Respirant son odeur chaude qui se mêlait au parfum douceâtre et écœurant du raisin, je fus pris d'un accès de fureur. Soudain, je saisis ses jambes blanches et la forçai à s'asseoir sur le sable. La veste fut oubliée, de même que le vent frais et le lac, et j'aurais été incapable de dire si j'étais mû par la haine ou le désir.

Il plut le lendemain, dès le petit matin et jusqu'à l'heure du déjeuner. Je ne me levai pas. Je restai au lit toute la journée dans le petit chalet en rondins, épuisé, vaguement souffrant. Je regardais tomber la pluie grisâtre et écoutais son clapotis maussade résonner contre le toit de tôle. Quand je finis par sortir, je découvris que le bus de Springfield était arrivé et reparti. Les vacances de la fille étaient terminées et cela faisait plusieurs heures qu'elle était en route pour retrouver son travail dans les bureaux d'une compagnie d'assurances de Kansas City. J'en fus soulagé.

À midi, il ne pleuvait presque plus. Le vent se leva et les nuages s'éparpillèrent comme de la mousse de savon. Le lac gris vira au vert sous le soleil brûlant. Mais l'air rafraîchi par la pluie avait déjà le mordant de l'automne.

Après dîner, debout face au lac, respirant profondément, je fus soudain submergé par mon vieux désir de fuir le camp et la gaieté inaltérable de ses occupants pour me retrouver seul sur l'eau. Je courus au chalet passer mon short de bain. Puis, ayant pris une paire de rames dans le bureau du régisseur, je me ruai vers le ponton branlant. Je sentis les yeux des vacanciers étendus sur la terrasse sur mon dos – les yeux de jeunes filles et jeunes garçons arrivés au camp ce matin-là – et mon cœur se gonfla de fierté, j'étais fier de ma peau bien bronzée, de ma bonne condition physique, et, par-dessus tout, fier de ma liberté, de ma solitude qui ne demandait qu'à perdurer. J'avais le sentiment que seuls le lac et moi étions à notre place ici ; le lac, le soleil et moi. Les autres n'étaient que des intrus présomptueux. Ces estivants d'un week-end, avec leur teint pâle, leurs muscles flasques et leur amabilité fiévreuse ne pourraient jamais comprendre cet endroit, ne pourraient jamais nouer la relation d'intimité mystique que j'entretenais avec le lac, les collines et le soleil.

La fille était partie. Ils partiraient, eux aussi.

Sans un regard en arrière, je détachai l'une des barques du ponton et ramai jusqu'à ce que je me trouve à mi-distance des deux rives. Là, je m'allongeai au fond de l'embarcation et m'abandonnai au flux et reflux plaisant de mes songes.

Mais quelque chose clochait. Peut-être était-ce la fraîcheur inhabituelle du vent, la légèreté de l'air après la pluie, le déclin imperceptible de l'été. J'étais nerveux, me tournais dans un sens, puis dans l'autre. Les angles saillants des planches du bateau m'irritaient la peau. Le soleil n'était plus assez chaud, le vent était trop frais.

Bientôt, la barque se mit à filer entre les collines. L'élévation du niveau de l'eau dans les criques avait intensifié le courant, ce matin-là. Le vent qui balayait le lac ne retombait pas. La barque filait, légère, comme si elle avait des voiles. Les collines s'abaissaient, les falaises dénudées retombaient, le lac s'élargissait encore et encore, au point que je me retrouvai bientôt au cœur d'un paysage ouvert. Le long des deux rives s'étendaient de vastes vignobles gorgés *de raisin, de raisin, de raisin* ! Le bateau avait beau filer au milieu de l'immense lac, à présent, leur parfum me parvenait plus puissant et plus douceâtre que jamais, au point que j'avais l'impression d'avoir la bouche pleine de fruits violacés et le corps tout entier inondé de leur chaleur.

Allongé au fond de la barque, je me mis à me tortiller, à gémir et à pleurer sur ma terrible solitude charnelle, aux lèvres de la fille contre les miennes, songeant à la chaleur de son corps, au hâle gitan de son visage, à ses cheveux en bataille et à l'éclat sauvage de ses yeux, et, par-dessus tout, à la douceur passionnée de son étreinte, sombre, suave ; d'une suavité presque aussi écœurante que la fragrance violacée du raisin.

Dans un état proche de la terreur je me redressai et me mis à ramer furieusement en direction du camp. Je ne voulais plus être seul. Je n'avais jamais dérivé jusqu'aux vignobles, jamais humé si profondément leur parfum sucré et envoûtant. À présent, je voulais simplement retrouver le camp et ses habitants. Je voulais évoluer au milieu de leurs corps chauds. Je voulais entendre leurs voix sonores et sentir la forte pression de leurs poignées de main. Je voulais simplement me perdre parmi eux.

Le vendredi soir est le soir des petits

Quand le révérend Houston eut soixante-dix ans, il quitta son ministère et commença à percevoir la pension de retraite que lui alloua la National Church Organization, dont le montant excédait légèrement le salaire qu'il avait perçu durant ses presque cinquante années d'activité à la tête de la paroisse de New Babylon, dans le Missouri. Cette pension de retraite n'était assujettie à aucune condition. Il était en droit de faire de cet argent et de lui-même presque tout ce qui siérait à son esprit rationnel. Assez naturellement, il renonça à ses prêches. Il avait prêché près de cinquante années durant et commençait à être presque aussi las de ses propres sermons que sa congrégation. Un dimanche matin, durant l'été de sa soixante-dixième année, il échangea une poignée de main avec son successeur, un jeune homme vigoureux qui allait attirer quantité de vieilles filles au catéchuménat du dimanche, quitta calmement l'église et n'y remit plus jamais les pieds.

« Que va devenir notre bon vieux révérend Houston maintenant qu'il ne peut plus prêcher l'Évangile ? » se demandaient la plupart de ses paroissiens, compatissants. Leur inquiétude pour son avenir était entièrement compréhensible. En général, quand un homme a passé près de cinquante années de sa vie à prêcher ou à les consacrer à n'importe quoi d'autre, sa personnalité tout entière se tisse de cette chose, au point que, sans elle, l'intégralité de l'étoffe risque de se déliter et de retomber en un tas de loques informes.

Le vieil ecclésiastique, quant à lui, était imperturbable. Son visage rayonnait d'un mystérieux sentiment de satisfaction qui semblait suggérer qu'il ne pouvait y avoir d'ombre là où la lumière avait brillé.

Avant toute chose, il eut une conversation avec sa fille Dora. Elle était son unique enfant. Dora était mariée et mère de trois enfants. Dieu avait rappelé l'épouse du révérend, Amanda, plus de vingt années auparavant, de sorte que Dora était l'unique personne avec laquelle il se devait de parler de son avenir.

Il déclara : « Dora, tu sais que je suis un très vieil homme. Toute ma vie, j'ai été le serviteur fidèle de Dieu, j'ai prêché Sa parole dans cette petite ville du Missouri… À présent, Il me dit que le moment est venu de me préparer à l'Autre Monde. Et j'ai le sentiment que je m'y préparerai mieux dans la solitude… loin de ma famille et de mes amis… peut-être dans une ville que je ne connais pas, où il me sera possible d'adopter de nouvelles habitudes. En résumé, j'ai décidé d'aller m'installer à Saint-Louis ! »

Dora fut dûment stupéfaite : Mais, Père, *ceci* ! Mais, Père, *cela* !

Quand il était jeune, les gens disaient du révérend Houston qu'il était le portrait craché du jeune Nazaréen, tel qu'on se le représentait. Son visage beau et serein était empreint d'une tendresse infinie. Désormais, il ressemblait davantage à – veuillez pardonner ce qui n'aura que l'apparence d'un blasphème – l'aîné de la Sainte-Trinité. Avec ses grands yeux bleus qui exprimaient la spiritualité, ses cheveux blancs ondulés et ses manières à la fois aimables et dignes, il évoquait assurément une incarnation du Tout-Puissant.

Il leva une main implorante pour interrompre Dora.

« Cesse, je te prie, cesse cela ! J'ai entendu *Sa voix* ! »

Quand des membres de la congrégation abasourdie l'interrogèrent sur sa soudaine résolution de quitter New Babylon à un moment de l'existence où le plus invétéré des vagabonds commence à se languir de son pays, le révérend Houston se racla simplement la gorge et leva ostensiblement les yeux au-dessus de leurs têtes. Dora se chargea de la partie orale de la réponse, plus que disposée à divulguer le secret de son père.

« Il a reçu un appel, murmura-t-elle d'un ton pieu.

— D'une autre paroisse ? Mais je pensais…

— Oh, non ! hoqueta-t-elle. Un appel… de *là-haut* ! »

Au début du mois de juillet, par une journée de festivités nationales où rien moins que l'enfer semblait s'être emparé des rues de New Babylon qui résonnaient d'explosions de pétards en tout genre, le vieil ecclésiastique rassembla quelques effets personnels – étonnamment peu – et partit rejoindre le lieu de sa retraite monastique. Il ne manqua certes pas d'embrasser Dora et ses petits-enfants, mais plusieurs jours s'écoulèrent avant que quiconque d'autre ne s'aperçoive de son départ, ce qui surajouta au mystère de l'hégire et fit ressentir à tous ceux qui l'avaient connu, plus vivement que jamais auparavant, la singulière sainteté du vieil homme.

Quand le révérend Houston arriva à Saint-Louis, sa première impression fut une relative déception. Cette ville se situant à plus d'une centaine de kilomètres au nord-ouest de New Babylon, il s'attendait naturellement à ce qu'il y fasse un peu plus froid. Or, lorsqu'il descendit du train, il découvrit que Saint-Louis, en juillet, était tout aussi étouffant que New Babylon. De fait, il lui semblait qu'il y faisait même un peu plus chaud. Mais il n'était plus tenu de porter son épaisse tenue d'ecclésiastique. Sitôt qu'il arriverait à sa nouvelle demeure, un petit appartement meublé du quartier est de la ville, il passerait des vêtements plus légers et remiserait définitivement son costume noir. Ou du moins, songea-t-il avec une pointe de tristesse, jusqu'au jour de ses funérailles.

Il demanda son chemin à une ou deux reprises de son ton poli d'homme du Sud, et monta dans un tramway en route vers l'ouest de la ville. Alors qu'il remontait les rues éclairées par des réverbères, observant les inconnus qui allaient et venaient inlassablement sans croiser le moindre visage familier, les réflexions du vieil homme prirent un tour moins mélancolique. Ici, dans cette ville qui lui était étrangère, il serait exempté de toute obligation sociale. Il ne doutait pas qu'il se trouvât des bébés malades et des femmes enceintes à Saint-Louis, mais comme il ne connaissait ni leurs adresses, ni leurs numéros de téléphone, personne ne pourrait raisonnablement le taxer d'indifférence s'il manquait de leur rendre visite. Il aurait dû éprouver un terrible sentiment de solitude à cette idée. Et cependant, cela ne l'affectait pas de cette façon-là. À la vérité, peut-être avait-il fait une overdose de ces activités à New Babylon.

« Oh, en voilà une pensée indigne ! » se serait exclamée Dora.

Son modeste appartement avait l'air agréable. Meublé modestement mais avec soin. Il disposait d'un petit salon, d'une chambre, d'une salle de bains, et d'une kitchenette. Il donnait l'impression d'avoir déjà été habité, et même que ses locataires venaient juste de le quitter.

Ma foi, vraiment, ce tableau au-dessus du canapé...

Il l'étudia un long moment, s'interrogeant sur sa décence, et finit par décider de le laisser au mur. C'était manifestement une œuvre d'art. Mais les ministres du culte étaient-ils supposés apprécier ce genre de chose ? Il s'agissait d'une lithographie très colorée représentant une jeune fille très dénudée assise au sommet d'une colline tout aussi nue. *On pourrait parfaitement y voir un portrait d'Ève, représentée au moment où Adam s'est éloigné pour aller cueillir des baies,* songea le vieil homme. *Et ça égaye vraiment la pièce.*

Ce dilemme résolu, il se débarrassa prestement de sa tenue d'ecclésiastique, qu'il abandonna par terre au milieu de la pièce, et gagna sa nouvelle salle de bains.

« Hum, hum ! » grogna-t-il avec satisfaction, détaillant ses équipements avant de remplir la baignoire d'eau tiède.

Un bain froid ne ferait que m'échauffer davantage ! pensa-t-il.

Il resta étendu dans l'eau un long moment, songeant à la nouvelle vie qui l'attendait et élaborant des plans encore vagues mais plaisants. Quand il sortit du bain, il se sentait rafraîchi et étonnamment rajeuni. Il jeta un coup d'œil machinal dans le miroir de l'armoire à pharmacie.

Je ne fais pas du tout mon âge ! se dit-il. *Ma foi, je pourrais passer pour un homme de cinquante ans !*

Et ce n'était pas là pure vanité. La discipline qu'exigeait la vie cléricale lui avait permis de conserver une certaine jeunesse. Il allait sans doute pouvoir savourer cette solitude pendant de nombreuses années.

Il gagna sa chambre et passa un pyjama. Il avait toujours aimé les beaux pyjamas, et ce soir, pour une raison obscure, il choisit l'un des plus élégants du lot.

« Un homme d'Église a rarement l'occasion de porter des couleurs vives en public, alors je me rattrape avec mes pyjamas ! » expliquait-il à ses voisins quand ils riaient sous cape, les jours de lessive, découvrant les effets de nuit aux couleurs somptueuses qui donnaient à son jardin des allures de bazar oriental.

Dans cette ville où les gens étaient tous absorbés par leurs propres affaires, qui prendrait la peine de l'interroger sur ses petites excentricités matérialistes ?

« Hum, hum », grogna-t-il, non sans une certaine satisfaction, nouant le cordon de son pantalon. Le pyjama de soie noir et or était coupé selon la mode russe. S'étudiant dans le long miroir fixé au dos de la porte fermée, il estima qu'il lui conférait un air passablement romantique. Il avait soixante-dix ans, certes, mais même à soixante-dix ans…

Soudain, il remarqua la fenêtre.

« Dieu du ciel ! J'ai oublié de baisser les stores ! Ah, tant pis… »

Il se laissa tomber sur le lit avec satisfaction et rebondit un brin dessus pour tester la résistance des ressorts. Le lit était plus souple que celui de la maison, celui qu'Amanda et lui…

Je suis un homme très seul, se rappela-t-il aussitôt.

Il demeura un moment dans la chambre, s'immergeant dans son calme opulent, comme un peu plus tôt dans l'eau tiède du bain. Il y avait de la beauté dans cette quiétude. Elle ravissait bien plus ses oreilles, contre toute attente, que la messe sacrée interprétée par un chœur talentueux. Les gens parlaient souvent du bruit et du désordre des villes. Et cependant, il ne se souvenait pas avoir vécu de soirée plus paisible que celle-ci à New Babylon. Dora et sa famille avaient beau habiter leur propre petite maison, le révérend profitait infiniment plus de leur compagnie qu'il n'était en droit de l'espérer. Ils vivaient de l'autre côté de la rue, juste en face du presbytère. Dora avait pris l'habitude de préparer leurs repas dans la cuisine de son père. Pour lui épargner le coût d'une cuisinière. Et puis, c'était si agréable de manger tous ensemble. Dora était en outre une amatrice de la diététique, de sorte que ses repas étaient soigneusement élaborés pour fournir toutes les fibres nécessaires aux gamins sans aggraver les risques d'hypertension artérielle de son mari. L'estomac du révérend Houston ne nécessitant aucune considération particulière, on ne lui en accordait pas. Entre ses repas, il ne souffrait jamais de solitude. Les gamins avaient converti son grenier en salle de jeux. Et le mari de Dora était souvent sur place, lui aussi. Ralph était un chic type. Charpentier de métier. Le travail se faisait rare à New Babylon, mais il s'efforçait de garder la main. Et, bien sûr, il y avait toujours quantité de petites tâches à accomplir à la maison pour le tenir occupé. Le presbytère était une construction en bois. Il y avait toujours une planche mal fixée ou un bardeau cassé quelque part.

Parfois, le vieux révérend Houston regrettait que son Sauveur, ou son gendre, n'aient pas exercé dans d'autres domaines d'activité : il lui était si difficile de les imaginer tous deux en train d'enfoncer des clous ; tout particulièrement quand il avait envie de dormir, après son souper.

« Je suis un homme très seul », dit-il à voix haute, cette fois, secouant vigoureusement la tête.

Puis, avec une gaieté plus manifeste encore, il ajouta : « Mais j'ai toujours assez d'appétit pour souper ! »

Il s'était arrêté à l'épicerie du coin pour faire quelques provisions. Il se rendit alors à la cuisine pour préparer son premier repas en solitaire. Le révérend Houston tirait un tel plaisir de la bonne chère qu'il éprouvait des remords de conscience lorsqu'il mangeait devant témoins. Il lui était fort difficile de s'alimenter avec la dignité attendue d'un homme d'Église. Il se délectait tant par avance de chaque bouchée délicieuse qui l'attendait, la piquait si délicatement de sa fourchette et la levait si gracieusement à ses lèvres, que les actes de mastication et d'ingestion en eux-mêmes se révélaient souvent tristement décevants.

Ce soir, ce fut avec reconnaissance qu'il engloba la cuisinière, la glacière et l'évier d'un regard. C'était le genre de compagnie qu'il appréciait le plus au moment de se restaurer !

Il dévora son steak d'aloyau avec les mains, comme un chien affamé, grignotant jusqu'à la dernière fibre de viande accrochée à l'os, aspirant la moelle, épongeant la sauce avec de grosses croûtes de pain, et pour finir, se léchant les doigts.

« Dieu du ciel ! s'exclama-t-il soudain. J'ai oublié de dire ma prière ! »

« Hum, hum ! » grogna-t-il de satisfaction, gagnant le salon d'un pas somnolent après son repas en solitaire. Oui, le petit poste de radio qu'il avait acheté et demandé à l'agent immobilier d'installer était bien là. Il s'étira avec indolence, à la manière d'un chat repu, et marcha jusqu'à la jolie petite boîte mystérieuse. Il n'en avait jamais possédé à New Babylon. Ses paroissiens les plus pauvres ne pouvaient pas se permettre d'avoir la radio, si bien qu'il n'avait pas voulu paraître…

Enfin, se dit-il, *quand un homme arrive à l'âge que j'ai…*

Il examina gravement le petit poste pendant plusieurs minutes avant de comprendre à quoi servait chaque bouton. Puis il sélectionna une station qui proposait une émission musicale plaisante et s'installa dans le grand fauteuil. Les minutes passèrent.

Le temps ne s'était jamais écoulé si vite, ni si agréablement ; pas même à l'époque où Amanda était encore en vie. Il se sentait détendu. Il se sentait glisser vers cet état de détachement à l'égard de la vie propre au sommeil.

« La vie… », murmura-t-il.

Il répéta le mot plusieurs fois et se prit à esquisser un sourire délicat.

Quelques instants plus tard, des comédiens prirent l'antenne et parmi les choses qu'ils disaient… Le révérend s'entendit égrener un rire guttural ; un rire semblable à ceux qui lui échappaient quand les mères de New Babylon lui répétaient des petites réflexions mignonnes que leurs enfants faisaient parfois, à la différence près que, ce soir, son hilarité lui procurait une satisfaction étrangement plus personnelle. Il se demanda ce que Dora penserait de cela, ce qu'elle dirait si elle pouvait l'entendre rire ainsi des propos des deux comédiens !

« Cela ne vous ressemble pas, Père !

— Allons, ma chère, il n'y a rien de sacrilège à dire quelques plaisanteries bon enfant ! »

Bientôt, il regarda sa montre. Il était près de dix heures. Dans quelques minutes le sommeil le gagnerait, aussi valait-il mieux qu'il écrive à Dora immédiatement. Il avait promis de le faire chaque semaine à compter de son tout premier soir à Saint-Louis. N'était-ce pas là une promesse un peu ridicule ? Que pourrait-il bien trouver à lui raconter une fois par semaine ?

Il marcha jusqu'à la cheminée et régla la petite horloge en acajou qui était posée dessus. Il la remonta et, la pressant contre son oreille, observa avec satisfaction qu'elle semblait fonctionner à merveille.

« Tout, absolument tout, fonctionne à merveille ! » murmura-t-il.

Puis il regagna sa chambre. Avant même d'appuyer sur l'interrupteur, il remarqua la lumière dorée clignotante de l'enseigne du cinéma de l'autre côté de la rue. Renonçant à allumer, il marcha jusqu'à la fenêtre, s'installa confortablement sur son rebord et baissa les yeux, captivé. Le programme du soir était annoncé en lettres illuminées sur le côté.

Une double projection. Mais c'est formidable, ça !

Cela permettait de regarder le premier film en savourant l'idée qu'il ne serait pas nécessaire de rentrer à la maison sitôt qu'il serait terminé. Parce qu'il y en aurait un autre immédiatement après. Et de regarder le deuxième film, sachant que, lorsqu'il se terminerait vous seriez suffisamment fatigué pour être prêt à vous coucher.

The Lawless Wife avec Vera Preston était l'un des films au programme. L'autre était *Dancing Dandies* avec Hugh Silvers. Ils étaient tous deux sur la liste de la censure, chez lui. Là-bas, il n'aurait même pas osé y songer, mais ici, à Saint-Louis, où personne ne le connaissait…

À New Babylon, dernièrement, une croisade avait été menée contre le cinéma. C'était un évangéliste tonitruant de Memphis qui avait mis le feu aux poudres. Un soir, au cours d'une de ses réunions revivalistes, il avait invité tous les membres du clergé local à prendre place sur son estrade, et à l'apogée de l'exhortation du jour, se tournant vers les ecclésiastiques assis, il avait exigé que se lèvent ceux d'entre eux qui juraient de continuer à combattre la propagande impie que le diable diffusait depuis sa citadelle terrestre de Hollywood. Il allait de soi que le révérend Houston s'était senti obligé de se lever avec les autres, même si, quant à lui, il jugeait ces films inoffensifs. Et même, il les appréciait au plus haut point. Après cette regrettable réunion revivaliste, ses visites au cinéma de New Babylon étaient devenues furtives et teintées d'un sentiment de culpabilité. Il lui arrivait de s'y glisser pour assister à la dernière séance, par un soir d'hiver glacial, quand il n'y avait plus grand monde dans les rues. Et même s'il prenait soin d'incliner son chapeau sur ses yeux et de remonter le col de son manteau avant d'acheter son ticket, il avait les jambes flageolantes, et il lui semblait toujours que la fille du guichet arborait un sourire sardonique.

« Oh, oh ! » s'exclama-t-il, remarquant soudain la pancarte :

LE VENDREDI SOIR EST LE SOIR DES PETITS !

Le révérend Houston savait parfaitement ce que cette phrase signifiait. Elle signifiait qu'il y aurait des coups de feu dans ce film-là, beaucoup de coups de feu, or le vieil ecclésiastique flegmatique n'aimait rien tant que les échanges de coups de feu. Les *bang bang* des revolvers et le *ra-ta-ta-ta* strident des mitraillettes lui offraient bien plus de frissons par procuration que les scènes de passion en celluloïd n'étaient supposées en offrir aux vieilles filles romantiques !

À New Babylon, les films montrant des échanges de coups de feu étaient proscrits, car ils incitaient les jeunes à avoir des pensées belliqueuses. Mais ici, à Saint-Louis…

« Ma foi, quand un homme arrive à l'âge que j'ai… »

Son ton, lorsqu'il prononça ces paroles, n'était plus ni tout à fait triste ni tout à fait résigné.

« Quand un homme arrive à l'âge que j'ai… Allons bon ! »

Un peu honteux, mais non outre mesure, le révérend Houston éclaira sa chambre. Il ouvrit sa valise et en tira son nécessaire de correspondance. Bâillant d'aise, il s'installa à la petite table de travail et entreprit d'écrire à Dora une lettre digne et paternelle qu'elle serait fière de lire à voix haute à tous les gens de là-bas.

« Ma Chère Enfant, commença-t-il. J'ai passé la soirée à méditer en paix. Je suis seul, certes, mais aussi satisfait que je pouvais l'espérer. Cet endroit est calme et confortable. Je sens plus intensément que jamais la présence de Dieu à mes côtés. Bien sûr, les voix joyeuses des enfants me manquent.

Mes vieux amis me manquent, et, par-dessus tout, je me languis de ma chère fille et de mon cher gendre. Mais la volonté de Dieu est impénétrable et je ne doute pas qu'il m'ait fait venir dans cette ville où je me retrouve seul dans un dessein bien défini, divinement mystérieux et… »

Son stylo hésita un moment, et, une fois encore, ses lèvres se courbèrent en un sourire satisfait.

« *Divinement mystérieux et noble !* »

Il souligna le mot *noble* à deux reprises, pour son propre bénéfice davantage que pour celui de Dora. On ne pouvait guère attendre de Dora qu'elle comprenne la *noblesse* des desseins de Dieu aussi complètement que lui, qui avait consacré les cinquante dernières années de son existence à leur étude !

Ce devoir-là accompli, le vieil homme reboucha sa bouteille d'encre et essuya sa plume. Il passa le buvard sur toute la surface de la lettre, la plia soigneusement, la glissa dans une enveloppe, la scella et inscrivit sa nouvelle adresse, peut-être trop ostensiblement, sur son rabat.

Il souriait toujours quand il éteignit la lumière de sa chambre et qu'il se glissa dans les draps froids du lit douillet.

« À présent que tout est accompli, murmura-t-il doucement, je peux m'endormir ! »

Du vernonia

La soirée avait été un supplice pour Nathan. La vie avait suivi son cours outrageusement ordinaire, à la maison. Son père, comme à son habitude, avait passé le souper à pester contre le programme d'aide aux fermiers, et sa mère lui avait parlé d'un ton plein de sollicitude, penchée au-dessus de lui, les yeux brillants de larmes à l'idée qu'il ferait sa rentrée à l'université publique dès le lendemain. Depuis le début de l'été, elle ne cessait de le supplier d'éviter de risquer sa vie ou de se briser un membre en s'adonnant à quelque activité sportive dangereuse. Et voilà qu'elle recommençait, comme si c'était là un sujet inextinguible.

« Je n'ai aucune envie que mon fils fasse je ne sais quelle ânerie alors qu'il entre en première année d'ingénierie. Alors, promets-le-moi, Fils… »

La voix pénible de sa mère lui fit piteusement courber l'échine. Autrefois, Nathan aurait pu comprendre sa sollicitude. Autrefois, il aurait tenté d'apaiser sa terreur du football américain, en lui expliquant que c'était un sport bénéfique, pour un homme, qu'il développait sa résistance et se préparait aux défis plus rudes de la vie d'adulte. Seulement, cet été-là, le football et même ses études d'ingénieur lui semblaient occuper une place de plus en plus insignifiante dans sa vie. Tout ce qui était essentiel à ses parents lui paraissait totalement insignifiant. Leur stupidité le mettait souvent au désespoir, lui donnant le sentiment d'être enfermé dans une minuscule cage sans porte. Il aurait voulu prendre un papier et un stylo pour leur dessiner un schéma explicatif simple de ce qu'était la vie, et de ce qu'elle n'était pas, afin qu'ils cessent de vivre dans un tel fouillis de valeurs horriblement mesquines. Mais il n'était pas possible de représenter simplement la vie sur une feuille de papier et encore moins de trouver les mots pour la décrire de manière intelligible.

Nathan avait tout d'un homme momentanément aveuglé par le soleil. Il ne voyait rien en dehors du disque de lumière éblouissant. Au centre du cercle, il y avait l'amour, et sur le reste de sa surface, toutes les splendeurs qui en émanaient. Tout ce qui sortait du cercle, le programme d'aide aux fermiers, le football, et même la première année d'ingénierie, se perdant dans les ténèbres périphériques.

Nathan vivait l'été de ses vingt ans et il découvrait l'amour. Il s'en était déjà forgé une idée (assez vague) le jour où une jeune fille en robe rose avait ondulé légèrement contre lui au son d'une valse jouée par l'orchestre de l'université, et qu'il avait quasi accidentellement passé ses lèvres sur le bas de son menton alors qu'elle lui murmurait toute l'adoration qu'elle vouait aux footballeurs. Désormais, il savait que ce n'était pas de l'amour, parce que l'amour était la jeune sauvageonne dont les bras et les jambes nus dépassaient d'une robe en coton délavée tandis qu'elle courait dans les champs à ses côtés, riant et criant ; trébuchait en s'emmêlant les pieds, et, une fois à terre, l'attirait à elle en l'attrapant par les jambes, et alors qu'il s'agenouillait inquiet et déconcerté, laissait échapper des gémissements étranges, jusqu'à ce que ses bras avides et ses baisers langoureux lui exposent la cause de son mal dans toute sa nudité.

Il avait passé tout l'été dans ce cercle aveuglant. Tout son cynisme de jeune étudiant s'était évanoui. À présent, il était horrifié en songeant à certaines réflexions grossières qu'il avait exposées à la maison au cours de sa deuxième année d'université. Un de ses professeurs lui avait donné à lire un ouvrage de Nietzsche. Il l'avait lu et adhéré à ses doctrines sans réserve. Mais par une nuit de pleine lune de la fin du mois d'août, il avait saisi ledit volume, l'avait jeté par la fenêtre de sa chambre sans même penser à aller le ramasser le lendemain matin. Le soleil morne de Hemingway, qui, l'année précédente encore, illuminait opiniâtrement son paradis intellectuel, n'avait pas jailli de l'obscurité de son coffre à boucle de cuivre, cet été-là.

Le vent soufflait sur cette nuit, hésitant entre l'été et l'automne. Nathan aimait le bruit des rafales qui secouaient la maison, comme si elles partageaient l'irritation que les petites choses confinées lui inspiraient. Il l'écoutait, carré dans son fauteuil, et en oublia de manger. Mais, bientôt, la voix de sa mère s'insinua de nouveau dans son esprit.

« Tu ne manges pas correctement, Fils ! Tu ne fais que picorer ta nourriture depuis le début de l'été ! »

Son père rit.

« T'en fais pas pour lui, M'man ! Il est amoureux ! Il rêve d'une de ces filles pas communes qu'on trouve là-bas, à la faculté ! Je me souviens que, quand je te faisais la cour, M'man, je mangeais pas beaucoup non plus ! »

À cet instant, les murs bleus de la cuisine se rapprochèrent insupportablement autour de lui. La cuisinière noire fumante sembla s'incliner vers lui, son odeur pestilentielle de chou et de viande forte le suffoquant, comme si on lui enfonçait un doigt dans la gorge.

« Excusez-moi », marmonna-t-il.

Il se leva de table et gagna la porte de la cuisine d'un pas mal assuré. Il entendit le frottement d'une chaise sur le sol, tandis que sa mère se levait pour le suivre, et le rire étouffé de son père. Il descendit le perron arrière de la maison, la vision brouillée. La lumière jaunâtre et les lourds effluves toxiques de la cuisine se dissipèrent. À présent, c'était la brise nocturne et son odeur de terre humide et d'humus qui l'enveloppaient. Il longea le verger, et puisa du réconfort dans la conviction que Mary Hallahan se trouvait quelque part, le long du bord opposé, et que lorsque viendrait le matin, il le traverserait pour rejoindre le séchoir à maïs, derrière la maison des Hallahan, où elle l'attendrait, ses pieds nus glissés dans des mocassins perlés, serrant des deux bras un pull rouge en loques contre le fin corsage de la chemise de nuit en pilou dans laquelle elle aurait dormi.

Pourtant, lorsqu'il se coucha, ce soir-là, sa nervosité revint. Le bruit de la respiration placide de ses parents dans la chambre d'à côté était insupportable. Il se leva du lit et grimpa au grenier en catimini, éclairant ses pas avec des allumettes. Tout était si calme et si mystérieux, là-haut ; toutes les vieilleries dont il avait depuis longtemps oublié l'existence émergeaient soudain de leur obscurité tissée de toiles d'araignées, leurs ombres papillotant follement derrière elles, telles des ailes de chauve-souris ! Il reconnut la petite luge, le fringant cheval noir à bascule, la table et la chaise miniatures qu'il utilisait quand il était enfant. À cet instant, pour la première fois, et sans doute la dernière, il lui sembla faire face aux anciennes versions de lui-même. Il lui sembla presque ressentir la présence physique du jeune garçon qu'il avait été, qui évoluait en silence parmi ces objets : enfourchant le cheval noir laqué, sa magnifique coiffe d'Indien flottant dans son dos, ou assis à la petite table, frappant son bol peint des lettres de l'alphabet avec sa cuillère en argent, ou traînant la luge minuscule en haut de la longue pente derrière la maison, le coucher du soleil hivernal rougeoyant férocement sur la neige nappée d'ombres violettes.

Là, dans ce grenier, à cette heure solitaire de la nuit, il avait le sentiment que les versions passées et futures de lui-même se rencontraient et échangeaient un salut silencieux pour la première et unique fois de sa vie : l'*ave atque vale* du jeune homme qu'il était devenu au garçon de son enfance.

Et alors que cette pensée le traversait, une sorte de jaillissement poétique inonda l'esprit de Nathan. Dans un accès d'extase quasi religieuse, il se jeta à plat ventre sur les lattes du plancher grinçant, écarta les bras, et, les étirant aussi loin que possible, murmura le nom de Mary, encore et encore ; car il lui apparaissait que c'était la découverte de l'amour qui marquait une séparation absolue entre le Nathan d'hier et le nouveau Nathan.

Ceci est ma renaissance, songea-t-il. *Hier, je naissais à la vie, aujourd'hui, je nais à l'amour ! Et comme ma première naissance me paraît insignifiante à présent. Mince, elle n'est qu'une pâle ombre de la deuxième !*

« Mary… Mary ! » souffla-t-il.

À cet instant, la fièvre qui le consumait s'intensifia encore. La découverte de la chair, qu'ils avaient faite ensemble, était si récente. Ce n'était qu'un avant-goût des profondes délices à venir.

Et cependant, le rendez-vous secret fixé au lendemain matin serait leur dernier de l'été.

Il répéta le prénom de Mary, encore et encore, jusqu'à ce que, soudain, un rat interrompe sa plainte énamourée, quittant le couvert d'un tonneau voisin pour foncer droit vers ses bras écartés. Nathan bondit sur ses pieds avec un tressaillement nauséeux et éclata de rire. Ce monde était si absurdement irrespectueux de la dignité des amants.

Une nouvelle rafale attira son attention, et, avide de se sentir enveloppé de sa fraîcheur, il poussa un lit d'enfant délaissé contre la fenêtre d'un des pignons du grenier. Il couvrit les ressorts qui jaillissaient du matelas d'un vieux patchwork. Puis, le souffle haletant, comme sur le point d'être consumé par la passion, il se débarrassa de son pyjama, souleva la grande fenêtre à guillotine le plus haut possible et, le corps parcouru de picotements, s'étendit sur le lit. Couché sur le flanc, il fixa la vue que lui offrait la fenêtre. Le vent était frais et humide. Par moments, quand la lune apparaissait plus nettement à travers le ciel pommelé, il parvenait à distinguer une portion de la maison des Hallahan, retranchée derrière le verger secoué par le vent, se profilant tel un petit bateau blanc entre deux énormes vagues noires. À chaque nouvelle apparition, une nouvelle onde de chaleur sensuelle lui picotait tout le corps. Et il se sentait encore plus proche de Mary, sachant que, dans un recoin de cette forme blanche mystérieuse, étendue sur son lit, elle cherchait peut-être à apercevoir sa maison à lui, braquait les yeux sur sa fenêtre, et était peut-être en proie aux mêmes tourments et aux mêmes délices de cette fièvre qui rendait presque insupportable le lent reflux du clair de lune fluctuant qui les séparait tous deux du rivage du matin, du moment où ils se retrouveraient, derrière la ferme des Hallahan, près du séchoir à maïs ; du moment où ne se dresseraient plus entre eux, implacables, le verger battu par le vent et le ciel pommelé ; où plus rien ne les séparerait ; où la chaleur infernale qui embrasait son corps pourrait se déverser purement et simplement dans celui de Mary, comme on verse du vin dans un gobelet, comme on étanche une soif terrible, comme on soigne une blessure cuisante.

Le petit matin approchait. Déjà, la brume se déployait sur les collines, tel un voile de fumée grise, et un fin crachin d'une fraîcheur automnale planait dans l'air. Cette évidence s'instillait en lui comme un vin incendiaire. Cette nuit sans sommeil l'avait laissé faible et grelottant. À présent, chaque bouffée d'air matinal le fortifiait. Il foula l'herbe et les chaumes gorgés de rosée du pas léger d'un jeune animal. Dans le verger, les branches basses caressèrent son front de leurs feuilles humides. Les arbres chargés de bourgeons qui le dominaient exprimaient la lassitude paisible de ces femmes aux hanches larges et aux poitrines opulentes pour qui l'époque des passions et de la fécondité était révolue. L'été était encore là, mais il se retirait, se retirait, et ce mouvement de reflux emporterait Mary, à la beauté si parfaite, trop faible pour lutter contre le courant.

Alors qu'il quittait le verger et pénétrait dans le champ de maïs des Hallahan marqué par une clôture en fil de fer, un corbeau noir prit son envol du haut d'un monceau de vieilles tiges de maïs roussies. Une beauté si surprenante s'exprima à travers son cri strident et son envol soudain que Nathan s'immobilisa. Une nouvelle onde de passion incandescente le balaya et se concentra délicieusement sur son aine. C'est alors que, aussi soudainement que l'oiseau s'était élevé dans les airs, il sut ce qu'il allait faire. Il allait renoncer à ses études d'ingénieur et à tous ses beaux projets d'avenir. Il allait accepter le boulot qu'on lui offrait à l'usine de planage et rester ici avec Mary. Ainsi, ils pourraient se marier et fonder un foyer dans cette ville dédiée au planage du bois, et ils seraient si heureux que sa haine des usines et la forte probabilité que ses parents ne lui pardonnent jamais d'avoir épousé la fille Hallahan – « l'ivrogne d'Irlandais » ! – importeraient peu. Aucun sacrifice ne serait trop grand, rien de ce qu'il pourrait faire pour elle ou lui offrir ne serait trop grand. Rien ne serait assez bien pour Mary. Et même s'il avait eu le pouvoir de concentrer toute la beauté de l'été qui se dérobait pour la déposer à ses pieds, il savait que l'offrande serait trop mesquine, d'un ridicule pathétique, comparée à ce que Mary lui avait offert !

Pris d'une impulsion, Nathan se pencha et arracha un petit brin des herbes folles aux fleurs violettes qui poussaient dans le champ. Presque instinctivement, il sentit que ce brin minuscule était apte à symboliser toute cette beauté du monde qu'il ne jugeait pas assez belle pour Mary. Mais, reprenant son cheminement à travers le champ et remarquant soudain Mary qui l'attendait près du séchoir à maïs, moins femme que la féminité faite femme, ses doigts tremblèrent tant que le brin de vernonia violette lui échappa.

Elle était chaussée de ses mocassins perlés et serrait le pull rouge en loques de ses deux bras croisés contre sa poitrine. Mais elle ne se précipita pas vers lui avec son cri de joie habituel. Cette fois, elle se maintint résolument à distance, et repoussa le torse de Nathan d'un poing dur, semblant juger son approche importune. Mary sentit la chaleur de ce torse à travers le tissu épais de la salopette, elle perçut même les battements puissants du cœur de Nathan. Son propre cœur se mit à palpiter, comme pour répondre à l'excitation que trahissait celui du jeune homme. Néanmoins, elle était déterminée à jouer son rôle avec fermeté, ce matin. Elle avait passé la nuit allongée sur son lit, à songer à ce qu'il s'était passé entre eux ; au matin, ses doutes avaient commencé à se teinter d'une certaine amertume.

Nathan, qui ne l'avait jamais vue dans cet état, sentit son bel enthousiasme retomber un peu.

« Que t'arrive-t-il ? » la questionna-t-il.

Une rougeur enfantine monta aux joues de Mary.

« Je n'ai pas très bien dormi, cette nuit… commença-t-elle.

— Mon non plus ! la coupa Nathan en riant. Mais, écoute, Mary… »

Il voulut débiter le plan qu'il avait en tête : lui demander de l'accompagner sur-le-champ jusqu'à la ville où l'on planait le bois pour qu'ils se marient. Mais, bizarrement, il ne réussit pas à parler alors qu'elle se tenait ainsi, si froide et si distante. Il était incapable de prononcer de telles paroles sans la serrer dans ses bras. Il s'avança et la saisit à nouveau par les épaules. Elle le repoussa avec colère.

« N'as-tu rien oublié ? lui demanda-t-elle, glaciale.

— De quoi veux-tu parler ?

— Tu pars, ce matin, n'est-ce pas ? Tu vas t'en aller d'ici ! »

Nathan rit, soulagé. Il comprenait. Elle était simplement bouleversée parce qu'elle croyait qu'il allait la quitter. Ravi et flatté, il fut saisi de l'envie puérile de la taquiner un peu.

« Bien sûr que je dois partir, s'esclaffa-t-il. Et alors ? »

Son ton léger, moqueur, laissa Mary sans voix.

« Eh bien…, bredouilla-t-elle. Il est vrai que je me suis dit…

— Qu'est-ce que tu t'es dit ? » demanda-t-il, riant toujours.

Il avait les yeux plissés et la bouche pincée en une moue sarcastique. Il se moquait clairement d'elle. Peut-être se moquait-il d'elle depuis le début. Peut-être s'était-elle bercée d'illusions.

« Écoute-moi ! » siffla-t-elle entre ses dents, aveuglée par la colère.

Elle aurait voulu hurler devant tant d'injustice et de cruauté. Mais le voir planté là, avec ce sourire arrogant, lui fit oublier ce qu'elle s'apprêtait à répondre. Les mots s'étaient volatilisés et il ne restait plus en elle qu'une envie dévorante de le blesser. Poussant un cri hystérique, elle se rua à l'arrière du séchoir à maïs. Là, elle se débarrassa du pull rouge loqueteux et souleva le bas de sa chemise de nuit.

« Nathan ! » appela-t-elle.

Bouche bée, il la rejoignit d'un pas mal assuré, un peu effrayé par la rage quasi animale qu'il avait lue dans son regard. Mais sitôt qu'il fut près d'elle, il oublia ses yeux, il ne vit que son corps, et l'invite éhontée le rendit fou. Il s'élança vers elle. Cette fois, elle l'arrêta de ses deux poings tendus. L'un d'eux le frappa à l'abdomen et il se plia en deux de douleur.

« Non, pas question, hurla-t-elle. Tu penses que je ne suis bonne qu'à ça, pas vrai ? Que je suis une fille facile ! Que tu peux prendre tout ce que tu peux sans rien donner en retour, pas vrai ? Évidemment, tu es de cette trempe d'hommes ! Tu n'as jamais songé à me donner quoi que ce soit, pas vrai ! En dehors de beaux discours… eh bien, je ne suis pas dupe ! Pas le moins du monde ! »

La voix lui manqua. Elle s'appuya contre les pieds branlants du séchoir à maïs, et, secouée de sanglots, se couvrit le visage des deux mains. Elle entendit alors le souffle haletant de Nathan, et prit peur.

Il resta muet pendant une bonne minute. Puis il se mit à parler d'une voix hésitante, comme pour lui-même.

« Je ne t'ai rien donné… je ne sais pas… je n'ai jamais pensé que…

— Non, tu n'y as même jamais pensé ! hoqueta-t-elle. Justement ! »

Il posa une main légère sur son bras, et recula aussitôt à contrecœur. Mary entendit les spathes de maïs sèches craquer sous ses semelles. Il s'en allait. Elle aurait voulu l'arrêter, l'attraper par les épaules et lui avouer que ces paroles amères, sa colère, n'étaient qu'une horrible manifestation de son chagrin. Mais le crissement de son pas traînant à travers la barbe de maïs de l'année précédente lui nouait la gorge et la paralysait. Elle était incapable de parler ni d'esquisser le moindre mouvement.

Cependant, Nathan ne parcourut qu'une courte distance. Déjà, il se penchait, pour fouiller la barbe de maïs. Elle écarta les mains de son visage et les laissa retomber, se demandant ce qu'il pouvait bien chercher. Quand l'ayant trouvé il pivota vers elle, souriant, et dissimulant la petite chose mystérieuse derrière son dos, elle comprit instantanément qu'il s'agissait d'un cadeau pour elle ! Il l'avait caché dans les spathes desséchées pour lui en faire la surprise. Il revenait déjà vers elle, d'un pas lent, cette chose dissimulée dans son dos.

« Qu'est-ce que c'est ? demanda-t-elle d'une voix suraiguë, se précipitant vers lui les bras tendus, comme une enfant. Oh, Nathan… »

Elle l’enlaça, essayant d’attraper le cadeau, mais il se libéra de son étreinte et fit plusieurs bonds en arrière, gardant ses mains dans son dos pour l’esquiver. Il riait à gorge déployée, taquin à présent, ce qui la mettait au supplice. Elle se jeta sur lui une fois de plus. Il lui résista un moment, joueur, puis finit par tendre vers elle sa main fermée.

« Oh, Nathan, hurla-t-elle. Cesse de me taquiner ! Je n’en peux plus ! »

Voyant que le poing ne s’ouvrait pas, elle l’agrippa de ses doigts avides et tenta de le forcer, réfléchissant à ce qu’il pouvait contenir. Il s’agissait sans doute d’un objet petit et précieux. D’un bijou, peut-être. Une…

« *Une bague !* hurla-t-elle. *J’ai deviné ! C’est une bague !* »

Incapable d’attendre qu’il se lasse de la taquiner, elle planta ses ongles de chat dans le poing. Des gouttes de sang incongrues brillèrent sur les doigts hâlés du garçon, qui s’ouvrirent lentement. L’espace d’un instant, choqués, ils demeurèrent figés. Nathan ne riait plus. Ses yeux sombres rivés sur Mary étaient empreints d’une profonde gravité. Lentement, elle leva les yeux du poing ouvert tandis qu’un long gémissement nauséeux jaillissait de ses lèvres.

« Du vernonia ! »

La rage pesait si lourdement sur sa poitrine qu’elle ne put émettre une parole de plus. Il la dominait de toute sa hauteur, suçant calmement sa plaie, semblant se retenir de ne pas rire de sa sottise.

« *Une bague ! J'ai deviné ! C'est une bague !* » s'était-elle écriée.

Or, ce n'était pas une bague, ni même un objet d'une quelconque valeur. C'était un ridicule brin d'herbe folle violette.

La vague de fureur suffocante finit par déferler sous la forme de paroles. Elle lui hurla au visage les insultes hideuses que son ivrogne de père hurlait parfois à sa mère souffrante, puis elle ramassa le brin de vernonia défraîchi qu'il avait laissé tomber à terre et lui fouetta le visage avec.

Nathan demeura muet et immobile, comme statufié. Mais lorsqu'elle sonda son regard, Mary ne put manquer de percevoir la lueur assassine qui l'éclairait.

Avec un hurlement de terreur, elle l'abandonna sur place et partit en courant en direction de sa maison.

Il suivit du regard la silhouette qui s'éloignait rapidement, jusqu'à ce que la brume l'enveloppe. Puis il leva sa main blessée à son visage pour toucher l'endroit où elle l'avait fouetté avec le brin de vernonia. Le parfum des fleurs violettes s'était imprimé sur ses doigts et elles avaient laissé une empreinte cuisante sur sa joue. Il lui sembla même sentir leur amertume sur ses lèvres.

Elles s'ouvrent comme le chardon, a-t-il dit

Je suis allé parler de toi au père Dugan, hier soir, Maud. Il m'a invité à entrer dans son bureau et il m'a servi un peu de vin. Ma voix était enrouée au début. J'avais envie de tout lui raconter, mais je n'arrivais pas à prononcer un seul mot. Il a paru comprendre ce que je ressentais. C'est un bon pasteur, notre vieux père Dugan. L'as-tu oublié, lui aussi ? Te souviens-tu que nous avions l'habitude de nous asseoir sur le dernier banc, pendant la messe, pour nous tenir la main ? Et que nous chantions dans le chœur de l'église ? Le père Dugan a dit grand bien de ta voix, hier soir. « Elle chante comme un ange, a-t-il dit, et elle en a la beauté, aussi. Qu'est devenue cette jolie petite fille ? » Le vin m'a tant réchauffé le corps que j'ai réussi à parler. Je lui ai dit que nous nous étions séparés, toi et moi. « Au début, c'était juste un gars par semaine, ai-je dit. Et puis le gars s'est mis à venir deux ou trois fois par semaine. Et ensuite, il y en a eu deux autres. Et bientôt, ils étaient cinq ou six. Et d'un coup, il y en avait tellement que j'ai perdu le compte. » Tu voyais un gars différent chaque soir de la semaine, et, une fois, je t'ai même vue sauter du marchepied d'un taxi jaune au marchepied d'une berline noire rutilante, et dans chaque voiture il y avait un gars qui t'agrippait des deux mains, ils te tiraient vers eux comme deux chiens qui se disputent un os, et ces gars s'insultaient, prêts à se battre si nécessaire, jusqu'à ce que celui de la berline noire rutilante réussisse à t'attirer dans sa voiture et que son chauffeur reparte en vitesse, poursuivi par le taxi jaune.

Maud et moi avons grandi ensemble. Sa maison se trouvait au coin de la rue de notre appartement. Mon père réparait des montres dans la bijouterie du père de Maud. Jusqu'au jour où une dame riche l'a accusé d'avoir cassé sa belle montre suisse. Le père de Maud a dû la rembourser, si bien qu'il a renvoyé le mien. Mon père travaille dans une autre bijouterie, maintenant, et celui de Maud est mort.

J'ai raconté au père Dugan que je vous avais aperçus dans le hall, une nuit, à trois heures et quart. « Ils avaient monté la moitié de l'escalier, alors j'ai juste vu leurs pieds par la vitre de la porte de l'immeuble. Elle est restée debout sur la pointe des pieds pendant près de cinq minutes et puis il l'a soulevée dans ses bras. Et alors je n'ai plus vu que des chaussures noires bien cirées avec des guêtres grises de dandy. »

C'est drôle la manière dont on a fait connaissance, Maud et moi. Maud était une petite fille aux longs cheveux bouclés, à l'époque. Nous avions tous deux coutume de faire des tours du pâté de maisons à vélo. Maud avait une belle bicyclette rouge et la mienne était un vieux clou rouillé sans freins. Celle de Maud avait également un phare, une sonnette argentée et un panier. Ça me mettait en rogne de la voir filer dans la rue sur son vélo flambant neuf sans cesser de faire tinter sa sonnette, le nez en l'air et les boucles au vent. Son phare ne lui servait à rien puisqu'elle ne sortait qu'en journée. Et je me disais parfois que ce serait chouette de faire le tour de Fourth Ward, le quatrième arrondissement de Saint-Louis, avec un phare ; de tracer un ruban blanc rectiligne dans la nuit, entre les lampes à gaz, tout comme le font les trains, d'actionner la sonnette à chaque intersection et de freiner juste à temps d'un simple coup de pédale arrière. Un jour elle est passée devant notre immeuble alors que j'étais en bas en train de remettre ma chaîne de vélo qui avait encore sauté. Elle s'est mise à sonner vraiment fort en fonçant comme si je n'étais pas là, alors j'ai bondi tel l'éclair pour attraper sa roue arrière et Maud s'est retrouvée les quatre fers en l'air sur le trottoir. Elle s'est relevée les genoux en sang et a couru chez elle en pleurant.

C'était moi qui te blessais à l'époque, Maud ! Parfois ça me fait du bien de me souvenir de la manière dont je t'ai éjectée de ton vélo ce jour-là, et de te revoir courir chez toi tes petits genoux en sang !

Et puis un jour, la mère de Maud est arrivée au volant de sa Buick pour emmener Maman en promenade, ayant eu vent qu'elle avait été malade. Elle a demandé si le petit garçon aimerait venir, lui aussi. Maman est rentrée en courant, elle m'a lavé la figure et traîné jusqu'à la voiture. Quand j'ai vu Maud assise sur la banquette arrière de la Buick, je me suis senti tout drôle. Pendant un moment affreusement long, ni elle ni moi n'avons dit mot. Mais la promenade en voiture dans le parc a fini par nous lasser. Maud m'a demandé si je connaissais des histoires de fantômes. Alors nous avons commencé à nous raconter des histoires de fantômes et nous nous sommes bien amusés.

Le père Dugan m'a servi un autre verre de vin en entendant ma voix se briser. C'est un bon prêtre, notre vieux père Dugan. Il ne parle jamais de l'enfer. « Je l'ai vue avec un gars dans un chouette coupé jaune qui avait les phares éteints. Il est resté garé près d'une heure devant sa maison, lui ai-je dit. J'ai vu sa mère, que la tuberculose était en train d'achever, apparaître à la fenêtre et frapper au carreau. Maud a rigolé très fort, comme si elle était ronde comme une queue de pelle. Je l'ai entendue crier à sa mère "Oh, pour l'amour de Dieu, va te coucher, va te coucher, va te coucher !" »

L'hiver est arrivé, il a beaucoup neigé. Je suis sorti dans le jardin et je me suis mis à faire un bonhomme de neige. Maud est arrivée sur une luge tirée par sa sœur Bessie. Elle a sauté à terre pour me regarder faire mon bonhomme de neige mais cette bêcheuse de Bessie a passé son chemin avec la luge. « Tu la fais trop petite, sa tête », m'a dit Maud.

J'ai répliqué : « On t'a demandé ton avis ? »

C'était toi, Maud, qui était dingue de moi, à l'époque ! Tu m'aimais parce que j'étais plus grand que toi et que je filais comme le vent sur mon vélo !

Elle a passé ses mitaines et elle m'a aidé à tasser la neige toute légère. C'est alors que des garçons sont arrivés. Des Irlandais de mon école qui me traitaient de Polack et s'amusaient à écorcher mon nom. C'est Zawadski, mon nom. Mes parents sont nés en Pologne et ils ne savent pas lire l'anglais. Ma mère a brûlé les papiers d'assurance de mon père, un jour, parce qu'elle croyait que c'étaient des trucs inutiles qui traînaient. À l'école les garçons me surnommaient la Brute ou le Polack crasseux. Je les craignais, ces gars-là. Quand ils sont arrivés et qu'ils m'ont insulté, j'ai couru me réfugier chez moi. Mais, M'man m'a cueilli à l'entrée et m'a dit : « Pas question que tu te caches ici quand des garçons t'insultent. Tu vas là-bas et tu te bats. Tu les fais fuir. »

Alors je suis ressorti. Un des gars a attrapé mon bonnet et l'a jeté dans le caniveau. Maud les a traités de sales petits morveux, et puis elle a ramassé mon bonnet. « Viens, Paul, m'a-t-elle dit. On va aller dessiner chez moi. »

Je suis tout ce que tu as dit, Maud. Je ne suis pas un grand artiste et je ne le serai sans doute jamais. Je suis qu'une pauvre andouille parmi tant d'autres. Tu as dit : « Le monde est plein de types dans ton genre qui ne vaudront jamais un clou ! » Je suis d'accord avec tout ça, Maud chérie. Mais, quand même, je n'oublierai pas que tu as été à moi, un jour. Je n'oublierai pas que c'est toi, Maud, qui disais que je deviendrais un grand artiste, un jour, lorsque nous étions gamins.

Ils ont démoli la vieille maison de Maud, depuis. Ils ont construit une station-service au coin de la rue, à la place. C'était une grande maison sombre où il faisait toujours un peu froid l'hiver. Nous avons allumé la cheminée du vestibule, ce jour-là. Nous nous sommes assis par terre devant le feu et nous avons dessiné. Nous nous sommes raconté des histoires de fantômes et nous en avons même dessiné. Maud m'a dit que je dessinais bien mieux qu'elle. Mais j'étais trop lent. Elle était plus intéressée par mon histoire que par les dessins. Le feu crépitait quand les bûches se fendaient. La mère de Maud est arrivée avec du vin et les restes de leurs gâteaux de Noël. Avec le vin, nous nous sommes sentis détendus et tout chaud à l'intérieur. Nous sommes restés assis sur le petit banc installé dans un recoin de l'escalier et Maud a posé sa tête sur mes genoux.

« Le velours de ton pantalon est tout rêche », a-t-elle dit.

J'ai enroulé ses longues boucles autour de mes doigts. La mère de Maud est revenue et a crié : « Maud ! Je vais mettre une bonne semaine à démêler tes cheveux après ça ! »

Mais Maud lui a juste jeté un regard sans lever la tête de mes genoux, et elle a dit : « Laisse-le faire, Ma. C'est tellement agréable. »

As-tu oublié, Maud, comme nous étions jeunes quand nous sommes tombés amoureux et comme notre amour a duré ? Je guettais tes yeux noirs quand tu descendais l'escalier de ton immeuble, le soir, espérant que tu les lèverais vers ma fenêtre, ne serait-ce que pour me montrer que tu te souvenais de son existence. Mais tu ne levais jamais les yeux. Tu semblais avoir oublié que je vivais juste en face, Maud, de l'autre côté de la rue, dans un appartement identique au tien. Je gardais ma lumière éteinte, afin que tu ne puisses pas me voir, assis seul dans le noir, à t'espionner, nuit après nuit. Mais j'aurais aimé que tu lèves les yeux juste une fois, juste une seconde, pour me montrer que tu te souvenais de notre belle amitié. Je suppose que le manteau fourré a effacé tout ça, le manteau fourré et tous ces hommes chics avec leurs voitures chics rutilantes ! Oh, Maud !

Maud et moi sommes allés à l'école ensemble. Nous avions le même âge et étions toujours dans la même classe. De retour à la maison, après la classe, nous dessinions, tous les deux. Parfois, nous faisions nos propres portraits. Une fois, Maud m'a dit : « Ton nez est joli mais tu as de grosses lèvres. J'imagine que c'est à cause de ton côté polonais. »

J'ai répondu : « Tu as un joli visage, Maud, mais tu n'as que la peau sur les os. »

Maud a soulevé sa robe d'un coup. « Regarde ! Tu trouves vraiment que j'ai la peau sur les os ? »

Elle a rabattu sa jupe en pouffant parce que je rougissais. J'étais choqué qu'elle puisse montrer son corps sans la moindre vergogne. Je n'avais pas de sœur. Je n'avais jamais vu le corps d'une fille avant ce jour.

Nous avons grandi, et j'ai pris l'habitude de rester chez Maud le soir, quand sa mère montait se coucher. Nous aimions nous asseoir sur le petit banc de l'escalier. Bizarrement, l'atmosphère changeait un peu quand la mère de Maud était au lit. La maison paraissait soudain très grande et silencieuse.

Nous avions même du mal à discuter, parfois. Bessie, la sœur de Maud, avait commencé à sortir avec des garçons, elle aussi. Maud s'amusait à me faire peur en me racontant tous les meurtres qui avaient été commis à minuit dans cette maison. Elle me disait : « Mme Morgan a été découverte au pied de l'escalier un poignard planté en plein dans la gorge. Sa langue était toute bleue et ses yeux sortaient de leurs orbites. Tous les soirs, à minuit, nous l'entendions hurler, montant et descendant l'escalier à toute allure. »

Je me faisais trop grand pour être effrayé par des histoires de fantômes, mais je voulais rester auprès de Maud. Un soir, alors que nous étions assis sur le petit banc, j'ai tenté de lui toucher l'épaule. J'ai posé ma main dessus et, même si elle était toute pointue, je l'ai trouvée jolie telle qu'elle était. Ses omoplates saillaient dans son dos comme des petites ailes. J'ai appuyé dessus pour essayer de les remettre en place. « Tu es bossue », lui ai-je dit.

Maud n'a rien dit. Elle a souri, puis elle a relevé les jambes pour s'allonger sur le banc, et elle a posé sa tête sur mes genoux.

« Tu vois ? a-t-elle dit. Je m'étoffe du haut, comme Bessie ! »

Elle a pris ma main et elle l'a posée sur sa poitrine qui commençait à se remplir un peu.

As-tu oublié ces nuits passées dans l'obscurité de la grande maison de l'angle de Cote Brilliante,

Maud ? As-tu oublié que nous aimions nous faire peur en nous racontant des histoires de fantômes assis côte à côte sur le petit banc de l'escalier ? Je m'en souviens, moi, Maud, si tu as tout oublié !

Quand le père de Maud a renvoyé le mien, après qu'il a eu abîmé la montre de la dame riche, il a dit à Maud qu'il ne voulait plus voir de sales Polacks traîner autour de chez lui. Nous avons joué dans son grenier, elle et moi, cet hiver-là. Il y avait un gramophone ancien là-haut et beaucoup de vieux disques.

Je revois Maud un après-midi, aller dans une petite pièce au fond du grenier et enfiler un costume de gitane. Quand elle a réapparu elle était magnifique avec le ruban rouge qui retenait ses cheveux noirs et la grosse rose en papier qui pendait de sa bouche. Elle avait vu un film avec Mae Murray cette semaine-là, alors nous étions supposés être un couple qui danse dans un bar français malfamé. Elle m'a tendu un poignard en plastique et m'a demandé de la frapper avec dès que la musique s'arrêterait. Elle a mis *The Sheik of Araby* sur le gramophone et nous avons commencé à danser. Quand sa jupe s'est envolée j'ai vu qu'elle ne portait rien dessous. Je n'arrivais plus à jouer mon rôle. J'étais raide comme un piquet. Peut-être qu'elle savait ce que je ressentais. Ou peut-être pas. Elle s'est approchée et a dansé autour de moi, les yeux mi-clos, la grosse rose en papier pendant toujours de sa bouche.

Elle s'est mise à onduler des hanches, virevoltant encore et encore autour de moi. Le disque est arrivé à la partie étrange et gémissante de la chanson. Elle s'est agenouillée devant moi. Elle a lâché son tambourin, passé les mains le long de mon corps et m'a supplié de lui laisser la vie sauve.

« Je t'aime, je t'aime, je t'aime ! » a-t-elle gémi.

Je ne savais plus si elle faisait semblant ou non. Le poignard en caoutchouc m'a échappé des mains. Mon cœur s'est mis à battre vraiment fort. Je me suis laissé tomber à terre à côté d'elle, j'ai arraché la rose en papier de ses lèvres et l'ai embrassée sur la bouche.

« Non, non, a-t-elle sangloté, tu n'es pas supposé faire ça ! »

Elle a roulé sur elle-même pour s'écarter. Mon genou s'est retrouvé pris dans sa jupe de soie rouge qui s'est déchirée. Elle a roulé une fois de plus et la jupe s'est totalement déchirée. Je n'arrivais pas à lui faire comprendre que ce n'était plus un jeu.

« Tu étais supposé me poignarder, a-t-elle sangloté, tu n'étais pas censé faire ça ! »

Mais elle n'avait déjà plus de force dans les bras. Le gramophone s'était arrêté alors que nous étions allongés par terre. Maud pleurait quand elle s'est relevée. « Je n'aurais jamais cru que tu me traiterais de cette façon-là ! » a-t-elle dit.

Maud n'avait jamais été très forte. Elle avait cette étrange maladie des poumons que les médecins appellent une pleurésie. La première fois qu'elle m'en avait parlé, j'avais cru entendre « *blue roses* ». J'avais rigolé. « Je n'ai jamais entendu parler de roses bleues de toute ma vie ! » Mais ce n'était pas drôle, en réalité. Ça résonnait comme une chose violente et douce à la fois, comme l'était Maud, mais elle avait si mal à la poitrine parfois qu'elle ne pouvait pas se lever ; et chaque fois qu'elle était bouleversée ou en colère, elle n'arrivait plus à respirer et hoquetait comme un poisson qui étouffe. Et même si le nom paraissait idiot, il lui allait étrangement bien. Elle était différente de toutes les autres filles, comme l'aurait été une rose bleue dans un jardin plein de roses rouges. C'était une authentique Irlandaise. La plus jolie petite brune qu'on ait jamais vue dans le bon vieux Kerry Patch de Saint-Louis. Et j'étais fou d'elle.

La santé du père de Maud a commencé à décliner le printemps suivant. Et, pour la première fois de sa vie, il s'est mis à s'intéresser à sa famille. Il avait mauvaise conscience. Il pensait que Bessie et Maud étaient maudites parce qu'elles étaient ses filles. Il les enfermait pour les empêcher de sortir le soir. Mais Bessie avait déjà le diable au corps à cette époque. Elle descendait et remontait par la terrasse arrière et sortait avec un type différent chaque soir. Ils se garaient dans l'allée pour l'attendre. Un matin, le vieux l'a attrapée en train de rentrer en douce et lui a collé une raclée de tous les diables. Ce soir-là, elle a bouclé ses valises et elle s'est enfuie à Chicago avec le guichetier du cinéma du coin.

Il est revenu sans elle quelques semaines plus tard. Le vieux n'a pas fait de vagues. Il était déjà mort.

À la mort du père de Maud, la bijouterie a été vendue pour payer ses dettes. Tout ce qu'il leur restait, à sa mère et elle, c'était la grande maison sombre. Fourth Ward devenait de plus en plus malfamé. En traversant le quartier, la nuit, on pouvait entendre les prostituées envoyer des pièces de monnaie sur les fenêtres. La mère de Maud a commencé par prendre des pensionnaires. Mais elle avait du mal à trouver des gens bien. Personne n'avait envie de loger dans ce coin-là, à part ce genre de femmes, or Mme O'Fallon ne pouvait pas accepter qu'elles reçoivent des hommes dans leur chambre, le soir, alors que Maud était dans les parages. Elle ne cessait de répéter qu'elle voulait que Maud tourne bien. Pas comme Bessie qui était partie pour Chicago. Alors elle a vendu la grande maison du coin de la Quatorzième et de Cote Brilliante et elles ont emménagé dans un petit appartement, juste en face du nôtre.

Je me souviens qu'un jour, alors que la bande était réunie chez O'Connor, Spike Dempsey est arrivé et a déclaré qu'il était sorti avec Blue Roses le soir précédent.

« C'est clair que c'est pas une blanche colombe ! » a-t-il dit.

Tout le monde était intéressé, tout à coup. Les autres ont commencé à lui poser des questions.

« J'veux dire que, quand elle se met en rogne, elle peut plus rien faire, a répondu Spike. Elle peut plus respirer. Elle peut pas parler. Elle peut pas bouger. Tu peux lui faire ce que tu veux avec cette… »

Je me suis planté devant Spike. C'était une sorte d'avorton à grande gueule avec des dents de lapin et une haleine de cheval. Mais plus friqué que n'importe lequel d'entre nous. Son père était le responsable politique de notre quartier.

« Qu'est-ce que tu veux dire ? ai-je demandé.

— Bah, tu comprendrais pas même si je t'expliquais ! a-t-il dit. T'es trop jeune.

— C'est pas vrai ! j'ai crié. Il ment ! »

Je lui ai collé mon poing dans les dents et je suis parti. J'ai aperçu Maud qui descendait la rue. Quand elle est arrivée à mon niveau, je lui ai souri, et elle aussi. Nous avons continué à descendre la rue ensemble en parlant de choses et d'autres. Et puis je lui ai demandé si elle était sortie avec Spike et elle s'est mise en rogne.

« Je le déteste ! a-t-elle dit. Il n'a aucun respect pour les filles ! »

À ce moment-là, j'ai compris que Spike avait menti. Maud et moi, nous avons commencé à sortir ensemble. Comme un vrai couple. Nous n'avions pas d'autres amis proches. C'était juste elle et moi.

On avait beau être très jeunes, après ça, on n'a plus passé une seule nuit sans faire un peu l'amour. J'ai grandi d'un coup. J'ai arrêté de jouer avec les gars. Je suis devenu un homme trop vite pour mon âge. J'ai mué. Des poils ont poussé sur mon corps et sur mon visage. J'étais maussade et nerveux chaque fois que je n'étais pas avec Maud. Nous nous asseyions sur un banc de Carr Park et nous regardions jouer les gamins. Pendant le cours de dessin, au lycée, j'ai fait le portrait de Maud. Il a été retenu pour un concours et a obtenu le premier prix. Il a été imprimé dans le journal avec mon nom et celui de Maud dessous.

Nous avons passé notre bac ensemble, ce printemps-là. Puis Maud s'est trouvé un boulot de vendeuse dans la boutique de disques de phonographe de la ville. Elle adorait la musique. Surtout les disques de jazz hot. Mais j'avais beau chercher, je ne trouvais pas de boulot. Maud a commencé à manifester de la contrariété quand j'allais la voir. J'étudiais l'art le soir. Je m'étais inscrit à un cours pour artistes sans emploi qui était dispensé deux fois par semaine dans le vieux palais de justice. J'avais l'impression de bien me débrouiller. Je travaillais sur une fresque murale pour le syndicat Communications Workers of America et un ou deux autres dessins de moi ont été exposés au musée. Ma mère faisait des économies pour m'envoyer dans une école de l'est, mais, à dater du jour où elle a commencé à travailler, Maud s'est mise à parler de mon art de manière sarcastique. Elle répétait que je perdais mon temps.

« Tu crois que je vais attendre combien de temps ? » elle m'a demandé un jour.

Elle était toujours crispée quand elle parlait du temps. Du temps et d'argent. Ça semblait beaucoup la tourmenter. Mais moi pas. Je n'y pensais pas du tout. Pour moi, il n'y avait que deux choses qui comptaient. Maud et le dessin. Je pouvais me passer de tout le reste.

Et puis les choses ont commencé à changer entre Maud et moi. Nous étions ensemble depuis deux ans et nous avions tous les deux dix-neuf ans, à présent. Maud se comportait de plus en plus bizarrement. Quand j'allais la voir le soir, elle restait assise dans son coin et boudait, des mèches lui tombant sur les yeux, de sorte que je ne pouvais pas voir si elle m'observait ou pas, ni à quoi elle pensait si c'était le cas. Parfois, elle se levait pour gagner sa chambre et, juste après, Mme O'Fallon et moi entendions la clef tourner dans la serrure, le grincement des ressorts de son lit, et parfois, un drôle de bruit étranglé.

« Ça commence à la rendre dingue, m'a dit Mme O'Fallon en privé, une fois. Avec moi qui suis souffrante et toi qui n'as pas d'emploi fixe ! Si j'avais eu les moyens de me payer une maison quelque part dans les quartiers est, pour prendre des pensionnaires respectables, des vieilles filles et de jeunes célibataires par exemple, alors les choses seraient différentes, tu sais. Toi et Maud vous pourriez vous marier tout de suite. Enfin, peut-être que tout finira par s'arranger. »

J'ai répondu :

« Vous avez raison, Mme O'Fallon ! Cet endroit n'est pas convenable pour une fille comme Maud, et si j'arrive à me décrocher un boulot dans le domaine de la publicité, pour dessiner des affiches ou peu importe quoi, eh bien, Maud et moi, on se mariera immédiatement et on ira vivre dans les quartiers est ! Et vous pourrez nous accompagner et prendre des pensionnaires respectables, Mme O'Fallon. »

C'était ce qu'elle avait en tête depuis la mort du vieux. Elle répétait sans cesse qu'elle allait prendre des pensionnaires respectables. Seulement, il ne leur restait plus rien de leur argent. Elles n'avaient même plus leur vieille maison. Mme O'Fallon s'accrochait toujours à cet espoir mais elle toussait tout le temps et hoquetait comme si elle étouffait. Et elle paraissait de plus en plus perdue dans ses pensées, aussi, avec tous ces soucis, au point qu'il lui arrivait d'oublier ce qu'elle avait fait de l'argent que Maud lui donnait pour payer ses repas.

Les choses ont continué ainsi jusqu'au soir de novembre où, alors que j'arrivais, comme d'habitude, avec mes carnets et mes crayons, j'ai entendu Maud et sa mère parler à travers la porte. J'ai tout de suite pensé qu'il se passait quelque chose, alors j'ai attendu un moment au lieu de sonner. Je distinguais Mme O'Fallon à travers les rideaux de dentelle du carreau de la porte. Elle pleurait. Elle hoquetait, incapable de parler, comme une poule qui se noie, sa petite tête ronde au fin duvet de cheveux gris se balançant au bout de son long cou décharné.

Je ne voyais pas Maud de l'endroit où je me tenais, mais je l'entendais, aller et venir dans le salon de l'appartement. Aller et venir, comme lorsqu'on a une rage de dents si coriace qu'on ne peut pas rester en place. Aller et venir, puis, s'arrêter d'un coup, à un bout de la pièce et se mettre à frapper le mur des deux poings.

« Je n'ai pas pu faire autrement, tu crois que j'avais le choix ? a-t-elle hurlé. C'est pour cette raison qu'il m'a donné ce boulot ! »

Mme O'Fallon s'est couvert les yeux des mains et s'est recroquevillée sur elle-même comme si on lui donnait des coups de poing dans le dos.

« J'aurais dû savoir que ça arriverait, j'aurais dû le voir venir ! a-t-elle gémi. C'est exactement comme ça que Bessie a commencé !

— Pour l'amour du ciel ! a répondu Maud. C'est tout ce qu'ils attendent d'une fille dans mon genre !

— Vous feriez bien de vous marier immédiatement, Paul et toi », a gémi Mme O'Fallon.

Il y a eu un bref silence. Puis Maud a dit d'une drôle de voix rauque :

« Je n'ai *aucune* intention d'épouser *Paul* ! »

Mme O'Fallon s'est mise à pleurer très fort.

« Et qu'est-ce que tu vas faire alors, au nom du ciel ?

— Mêle-toi de tes affaires et je m'occuperai des miennes ! » a hurlé Maud.

J'avais l'impression d'avoir une masse de plomb dans l'estomac. J'étais pétrifié de peur. J'ai redescendu l'escalier de l'immeuble en douce, je suis rentré chez moi, et là, je me suis allongé sur mon lit et j'ai pleuré toute la nuit. Je n'arrêtais pas de penser à Maud et son patron, à ce qu'ils faisaient ensemble.

« Pauvre petite Blue Roses, me suis-je lamenté, cette nuit-là, pleurant dans mon lit. Ce n'est pas sa faute ! C'est celle de cette sale ordure de propriétaire du magasin de musique ! Il a profité du fait qu'elle n'est pas farouche de ce côté-là. Il l'a violée, voilà ce qu'il a fait ! »

Je me suis senti changer cette nuit-là. Mon sang bouillonnait. À l'intérieur, j'avais l'impression de devenir dur à des endroits où j'avais toujours été doux. Je ne veux pas dire que je manquais de force, attention. Nous autres, Polacks, nous avons tous le sang chaud. Mais parfois, je regrettais de ne pas être plus fort. Je ne parle pas tant de force physique que du caractère pour affronter les choses et les faire plier d'une manière ou d'une autre. Même à l'école, j'avais toujours été un garçon du genre rêveur qui se contentait de laisser les choses suivre leur cours ; c'était d'ailleurs ce qui nous avait rapprochés, Maud et moi, quand nous étions gamins, on n'aimait pas grand monde, ni elle ni moi, on était tous deux du genre calme et on aimait dessiner. Seulement, maintenant, Maud avait besoin d'autre chose, elle avait besoin de force, de quelqu'un qui se batte pour elle et qui ait la force de la mettre au pas.

Le lendemain matin, je suis passé devant le magasin de musique et j'ai jeté un œil à l'intérieur.

J'ai vu que Maud triait des disques. Quand elle m'a remarqué, elle a souri et elle a lancé :

« Salut, Paul. Pourquoi tu n'es pas venu, hier soir ? »

Je n'ai pas répondu. Je suis resté là, la mine renfrognée. Elle était très belle avec sa petite robe en satin noir qui moulait sa silhouette délicate. On aurait dit une jeune vierge. Une jeune femme qu'aucun homme n'avait jamais touchée. J'avais du mal à croire ce que j'avais entendu à travers la porte de l'appartement. Et pourtant, c'était la vérité. Tout comme ce que Spike Dempsey avait dit à la salle de billard, cette fameuse nuit. Et elle me paraissait toujours aussi belle, à cet instant. Tellement belle, et pourtant fragile au point qu'un gars aurait pu la broyer d'une seule main.

Je ne savais pas par où commencer.

J'ai dit : « Où est ton patron ? »

Elle a jeté un regard autour d'elle, l'air effrayé. Mais son patron n'était pas là. Son expression s'est durcie et ses yeux ont viré au noir.

« Je suppose que tu as parlé avec maman ? Et que tu es venu ici pour faire des histoires, n'est-ce pas ? »

J'ai essayé de me maîtriser. C'était difficile.

« Prends ton chapeau et ton manteau. Tu démissionnes ! »

Il y avait des larmes dans ses yeux et sa respiration est devenue très rapide.

« Ça signifie que tu as trouvé du boulot ? Tu vas subvenir à nos besoins, c'est ça ?

— Va chercher ton chapeau et ton manteau !

— Non, pas question ! Et qu'est-ce que tu fais, maintenant ? »

Je me suis approché du comptoir derrière lequel elle s'était retranchée. Mes doigts picotaient tellement j'avais envie de l'attraper.

« Maud, ai-je dit, tu es en train de tourner comme Bessie. Ça va aller de mal en pis. Bon, viens maintenant. On va aller se marier sur-le-champ, toi et moi !

— Pauvre con ! T'épouser, la belle affaire ! Comment tu gagnes ta vie, hein, dis-moi, qu'est-ce qui t'autorise à parler mariage si aisément ?

— Il faut que je te sauve, Maud, avant qu'il soit trop tard ! »

— Rentre chez toi, Paul ! a-t-elle répondu. Occupe-toi de tes affaires et je m'occuperai des miennes ! »

J'ai dit au père Dugan : « Ça ne paraît pas possible qu'elle ait pu tout oublier ! Je sais qu'elle m'aimait. On était tout l'un pour l'autre. On n'avait pour ainsi dire jamais eu d'autres amis, c'était juste elle et moi. Elle ne peut pas avoir oublié tout ça, quand même ? Pourquoi me traite-t-elle de cette façon, père Dugan ? » Je me suis mis à pleurer et j'ai posé la tête sur son bureau. Il m'a tapoté l'épaule et a répondu : « Dis-moi, mon garçon, est-ce que tu as un emploi ? »

Après ça, je me suis tenu à l'écart de Maud pendant deux semaines. Mais il m'était impossible de résister plus longtemps. Quand j'ai fini par retourner chez elle, Maud a fait comme si rien ne s'était passé. Elle était si jolie et si gracieuse dans sa petite robe en satin noir quand elle m'a ouvert la porte, ce soir-là, que je n'arrivais plus à croire que ce que j'avais entendu à travers cette même porte était vrai.

« Maud, ai-je dit, je suis désolé de m'être si salement comporté l'autre jour ! »

J'ai jeté un coup d'œil dans le petit salon. Il avait changé depuis que Mme O'Fallon était alitée à cause de sa toux. Il paraissait encore plus tape-à-l'œil et miséreux. Il y avait un gros baigneur en plâtre posé sur le manteau de la cheminée, à côté d'une statue de la Vierge Marie. Et au-dessus du piano, un tableau aux couleurs criardes montrant une fille nue agenouillée sur un globe terrestre en train de passer la main dans ses cheveux. Il m'a fait penser à la première fois qu'on avait fait l'amour, Maud et moi, quand j'avais entortillé ses mèches autour de mes doigts. Tout à coup, j'ai remarqué une grande boîte en carton sur le siège du piano. Du papier de soie dépassait du couvercle. J'ai demandé à Maud ce qu'elle contenait.

« C'est mon nouveau manteau, a-t-elle répondu. Tu veux le voir ?

— Oui, essaye-le, Maud », ai-je dit.

Elle a tiré le manteau de la boîte, l'a secoué, et a caressé le col en renard noir et argent, les yeux scintillants comme des étoiles.

« Regarde ! »

Elle l'a étalé et j'ai vu que la fourrure recouvrait tout l'intérieur.

« Mince, Maud ! ai-je dit. Tu l'as mis à l'envers ! »

Elle a éclaté de rire.

« Quel idiot tu fais ! C'est un manteau doublé de fourrure !

— Doublé de fourrure ! Je n'ai jamais rien entendu de tel ! »

J'ai soulevé un coin du manteau et soufflé sur la fourrure, comme j'avais vu Mike Frelich le faire dans sa boutique de deuxième main un jour où une dame était venue lui vendre un manteau.

Le visage de Maud a pris une vilaine expression. Elle m'a arraché le manteau des mains.

« Tu crois qu'elle est fausse ? a-t-elle dit d'un ton cassant.

— Qui te l'a donné ? »

Elle s'est hérissée comme un chat.

« De quel droit est-ce que tu me poses des questions ? »

Mme O'Fallon s'est levée du lit malgré sa faiblesse, en nous entendant nous disputer.

« Bessie n'aurait pas dû lui envoyer ce manteau ! a-t-elle gémi.

— C'est Bessie qui te l'a envoyé ? ai-je demandé à Maud.

— Bien sûr ! a-t-elle répondu avec un drôle de sourire. Bessie s'en sort très bien, il faut croire !

— Tu le renvoies à Bessie ! Tu vas le remballer et le lui renvoyer immédiatement ! ai-je hurlé. Il est pas question que ma petite amie porte un manteau de traînée bon marché !

— Paul, Paul ! a hurlé Mme O'Fallon. Je suis à bout !

— Je suis désolé, madame O'Fallon. »

Elle a gémi :

« Je sais que ce n'est pas ta faute, Paul. On est tombées dans un piège, un terrible piège, voilà tout !

— Il faudra en sortir d'une manière ou d'une autre », ai-je murmuré, serrant sa main dans la mienne.

Maud avait mis un disque sur le gramophone et chantait *The Saint-Louis Blues* à tue-tête.

Mme O'Fallon s'est couvert les yeux et les oreilles des deux mains. Elle a murmuré : « Elles tiennent de leur père, je suppose. Toutes les deux, Paul. Oh, j'en mourrai, j'en mourrai si Maud devenait comme Bessie ! »

C'est alors que le téléphone a sonné. Maud a arrêté le disque d'un coup et elle s'est précipitée sur le téléphone.

« Salut ! a-t-elle dit. Bien sûr que c'est moi ! Ça ne fait aucun doute ! Fichtrement rien ! J'ai de la compagnie là, mais s'il est futé, il ne restera pas longtemps. »

Mme O'Fallon a saisi ma main, mais je me suis dégagé. J'ai attrapé mon chapeau et mon manteau et j'ai claqué la porte derrière moi.

« On a rompu à cause de ce manteau, ai-je dit au père Dugan. Ce manteau doublé de fourrure. Je me sentais mal chaque fois que je la voyais sortir le soir avec ce manteau. Une fois, j'ai vu une fille et un gars mourir dans un carambolage. Ils étaient très chics. Le jeune gars portait un costume de soirée avec une queue-de-pie. La fille avait un manteau de fourrure blanc. Quand ils l'ont tirée de l'intérieur de la voiture retournée, avec son visage tout écrabouillé, le manteau s'est ouvert et j'ai vu qu'elle était nue dessous. Elle était nue comme un enfant qui vient de naître, elle ne portait rien d'autre que ce manteau de fourrure blanche et ses jolies pantoufles dorées. Maintenant, chaque fois que je vois la petite Maud descendre l'escalier de l'immeuble en sautillant, le soir, enveloppée de son nouveau manteau chic, je ne peux pas m'empêcher de penser que son corps magnifique est tout nu sous la fourrure. Et j'ai du mal à me retenir de cogner au carreau, comme Mme O'Fallon, et de crier par la fenêtre : "Maud, Maud... !" »

Je suis resté allongé sur mon lit et j'ai pleuré toute la nuit en pensant à Maud, à son patron, à ce qu'ils faisaient ensemble. Je l'ai revue allongée par terre, comme la première fois que nous l'avions fait elle et moi, dans le grenier de la vieille maison du coin de la Quatorzième et de Cote Brilliante ; elle pleurait, sa jupe en soie était toute déchirée et la rose en papier froissé était dans mon poing serré.

Et j'ai repensé à ce que Spike Dempsey avait dit à O'Connor, la fois où je l'avais traité de menteur et que je lui avais pété une dent : « C'est clair que c'est pas une blanche colombe ! Quand elle se met en rogne elle ne peut plus rien faire... » Et, tout à coup, je n'étais plus sûr du tout qu'il avait menti. Elle ne pouvait pas se défendre quand on la coinçait, à la différence de la plupart des autres filles.

Le père Dugan a dit : « Paul, il est facile de condamner. Quand les scribes et les Pharisiens ont présenté à Jésus une femme prise en flagrant délit d'adultère, lui rappelant le commandement de Moïse et demandant qu'elle soit lapidée, Jésus a écrit sur le sol avec son doigt comme s'ils n'étaient pas là. » Et puis il a levé les yeux et il a dit : « Que celui de nous qui n'a jamais péché lui jette la première pierre. » Le père Dugan a versé encore un peu de vin dans mon verre.

C'était un matin de novembre lumineux. À mon réveil, le vent s'infiltrait en sifflant entre les bâtiments. La lumière vive et les cris de joie m'insupportaient. Tout semblait follement joyeux, comme si mes sentiments n'avaient aucune importance, et tout près, dans la ruelle, entre les deux immeubles où Maud et moi avions coutume de jouer, deux gamins creusaient des trous dans la terre. J'ai rabattu la fenêtre d'un geste brusque, et je suis resté planté sur le sol froid à fixer le portrait de

Maud. C'était un croquis au fusain que j'avais fait d'elle le jour où elle avait participé au concours de beauté de la paroisse. Elle était supposée représenter sainte Thérèse de la Petite Fleur. Elle avait l'air d'un ange avec sa petite tête renversée en arrière et la croix qui pendait entre ses petits seins. Elle m'apparaissait comme un ange profané, à présent. C'est alors que j'ai décidé d'agir. Il n'y avait qu'une chose à faire…

Je suis descendu à la cuisine pour boire un café avant d'aller régler son compte au fieffé connard qui avait violé ma petite amie. Ma mère était penchée sur le four quand je suis entré. La cuisine était réchauffée par les vapeurs de café et de pain. Mes yeux se sont remplis de larmes. Je suis resté là, dans la cuisine de ma mère, sans savoir quoi dire ni faire. Ce soir, je savais qu'on m'enfermerait pour avoir tué cet homme.

Maman ne voit pas bien. Elle parvient seulement à distinguer les contours des choses, et les lumières et les ombres. C'est pour cela qu'elle a mis un moment à remarquer que j'étais là, debout dans l'encadrement de la porte. Ma mère est une grosse femme. Elle pèse plus de cent kilos. Comme elle ne trouve jamais de robe à sa taille, quand elle est à la maison, elle porte en général juste un vieux tablier. Le tablier est blanc. Ses cheveux et sa peau aussi sont blancs. Elle ressemble à un grand ours blanc quand elle se traîne de part et d'autre de la cuisine en marmonnant en polonais ou en fredonnant une vieille chanson polonaise. Ce matin-là, elle essayait de marcher sans faire de bruit. Sur la pointe des pieds, pour ne pas me réveiller. Mais chaque fois qu'elle posait un de ses gros pieds, les vieilles planches du parquet se craquaient et les couvercles des marmites tremblaient. Ma mère est née en Pologne et elle a grandi dans une ferme que Napoléon a donnée à l'un de ses arrière-grands-pères. Elle ne parle pas bien anglais.

J'ai commencé :

« *Matka...* »

Elle s'est tournée vers moi en souriant.

« *Mio jajak !* Il a faim, je parie ! Il veut son petit-déjeuner ! »

Elle se tenait devant la fenêtre. Énorme et magnifique.

« Juste du café, Mama. Je vais en ville. »

Elle a pointé le doigt sur moi, souriant toujours, se dressant là, telle une belle montagne enneigée auréolée de soleil. L'odeur de café et de pain chaud m'a envahi et je me suis senti faiblir. Cachant mes larmes de mes mains, je me suis écroulé sur une chaise de la cuisine.

Le parquet a craqué et j'ai ressenti sa chaleur alors qu'elle approchait. Nous autres, Polacks, nous dégageons toujours de la chaleur du fait du sang riche et chaud qui coule dans nos veines.

Ma mère a parlé tout doucement en polonais :

« Pourquoi pleures-tu, dis-moi ? »

Elle m'a pris dans ses bras, s'est agenouillée, comme une vieille femme s'agenouille dans une église, et a repris du ton doux que l'on prend pour prier :

« Nous t'avons payé les cours d'art, non ? »

J'ai tenté de la repousser. Sa chaleur m'affaiblissait, je n'arrivais pas à m'arrêter de pleurer.

« Mama, je crois que je vais peut-être aller chercher un travail.

— Pourquoi devrais-tu te soucier de trouver du travail ? Nous sommes des gens riches, maintenant. Nous possédons cinq ou six maisons. Ton père gagne bien sa vie. Il a un bon emploi. Pourquoi est-ce que toi, tu devrais aller travailler ? N'importe quel jeune imbécile peut entrer à l'usine ou conduire un camion ! Mais lequel de ces gars-là serait capable de dessiner de beaux dessins comme les tiens ? »

Elle m'a serré contre sa grosse poitrine. Sa poitrine qui vous enveloppait si totalement était d'une douceur si absolue qu'elle vous semblait éternelle : c'était une douceur qui ne pourrait jamais se transformer en poussière.

« Non, non ! Ton papa et moi, nous t'enverrons à l'école d'art l'année prochaine ! Tu vas devenir un grand artiste ! Ne renonce pas à tout ça pour une sale *kurwa* irlandaise ! »

Je l'ai repoussée et j'ai bondi de ma chaise.

« Ne parle pas d'elle de cette façon ! Tu n'as aucune raison de l'insulter de la sorte ! » me suis-je écrié.

J'ai mis mon bonnet et j'ai gagné la porte de derrière. Dans ma poche, j'avais le petit couteau dont je me servais pour gratter la peinture sèche. Durant tout le trajet en tramway pour gagner le centre-ville, j'ai caressé sa lame du bout des doigts, me demandant si elle serait assez longue dans le cas où le gars serait gros.

Sitôt descendu du tramway, je me suis mis à marcher d'un pas lent en direction du magasin de musique. Il y avait un client à l'intérieur d'une de leurs petites cabines vitrées. J'ai vu Maud lui mettre un disque. Il semblait du genre à flirter. Maud riait d'un truc qu'il venait de dire. C'était peut-être une blague salace.

J'ai cherché le patron du regard, mais il n'y avait pas d'autre homme dans la boutique. C'était un morceau de jazz bruyant qu'elle avait mis. Le dingue de jazz claquait des doigts et remuait les hanches en l'écoutant. Il s'est mis à faire toutes sortes de gestes idiots avec les mains, comme s'il se prenait pour un chef d'orchestre. Il a souri à Maud. Elle a répondu à son sourire. C'était son genre, peut-être, le genre grande gueule jazzy qui sait danser !

« Non mais écoutez-moi ça ! » a hurlé le dingue de jazz d'une voix aiguë.

Et il a continué à claquer des doigts et à remuer la queue avec la musique. Mais Maud ne le regardait pas. Et moi non plus. Nous nous dévisagions l'un l'autre avec un air nauséeux. Le gars a paru irrité.

Il est sorti de la cabine en claquant la porte et s'est posté devant le comptoir.

« Mettez-moi un morceau de Duke Ellington ! a-t-il ordonné.

— Je vais te mettre un morceau de Paul Zawadzki ! » ai-je hurlé.

Et je lui ai collé mon poing dans la figure. Cet emmerdeur a déguerpi comme un chat poursuivi par une meute de chiens.

« Écoute-moi bien ! ai-je dit à Maud, lui attrapant le poignet par-dessus le comptoir. Ou tu arrêtes avec tous ces gars, ou toi et moi, c'est terminé ! »

Elle s'est mise à hurler comme si elle était devenue folle.

« De quel droit est-ce que tu frappes mes clients ? Et qu'est-ce que tu fais ici, d'abord ? Sors de cette boutique, sale Polack ! »

Elle a pivoté vers les étagères de disques, braillant et se couvrant le visage. J'ai sorti mon couteau à gratter la peinture et l'ai poignardée dans le dos. Elle a poussé un cri et elle s'est écroulée par terre. Je ne pensais pas avoir appuyé très fort. Seule la pointe du couteau était rouge quand je l'ai retiré de son dos.

Je me suis enfui en courant et j'ai entendu un type beugler : « Le voilà ! Il a poignardé la fille ! »

J'ai réussi à échapper aux gars qui se trouvaient au coin de la rue. J'ai tourné dans une allée, me suis glissé entre deux bâtiments et j'ai continué à courir sur plusieurs centaines de mètres, puis j'ai sauté dans un taxi et je suis rentré chez moi. J'ai passé la nuit à pleurer dans mon lit en attendant que les flics viennent m'arrêter. Mais personne n'est venu. Il faisait encore sombre quand je me suis levé, au petit matin. Des flocons de neige tombaient, légers. J'ai arraché le portrait de Maud du mur et j'ai effacé le crucifix et retravaillé son visage jusqu'à ce qu'il ressemble à celui d'une putain.

« Pourquoi n'est-elle pas allée voir les flics ? » ai-je gémi.

J'ai attendu toute la journée mais personne n'est venu. Alors j'ai compris qu'elle n'était pas allée me dénoncer.

Je n'ai pas quitté la maison pendant une semaine. Je suis resté assis devant ma fenêtre à chercher Maud du regard. Sa blessure ne devait pas être bien grave, car, passé un ou deux jours, elle reprenait ses allées et venues de l'immeuble d'en face, comme si de rien n'était.

Puis les gars ont commencé à apparaître, le soir.

Au début, c'était juste un gars, qui venait deux ou trois soirs par semaine. Et puis il y en a eu deux autres. Et bientôt, ils étaient cinq ou six. Et d'un coup, il y en avait tellement que j'ai perdu le compte. Il y avait un gars différent chaque soir de la semaine, et, une fois, je t'ai même vue sauter du marchepied d'un taxi jaune au marchepied d'une berline noire rutilante, et dans chaque voiture il y avait un gars qui t'agrippait des deux mains, ils te tiraient vers eux comme deux chiens qui se disputent un os, et ces gars s'insultaient, prêts à se battre ni nécessaire, jusqu'à ce que celui de la berline noire rutilante réussisse à t'attirer dans sa voiture et que son chauffeur reparte en vitesse, poursuivi par le taxi jaune.

Je suis allé parler de toi au père Dugan, hier soir, Maud. Il s'est contenté de secouer la tête. « Elles s'ouvrent comme le chardon, a-t-il dit, sitôt qu'elles commencent à mal tourner. »

En attendant le retour de l'un ou l'autre

C'était une femme de la campagne. Elle était née et avait grandi parmi ces collines. Elle avait un visage lisse, du teint jaune pâle du lait crémeux, et ses yeux enfoncés lançaient des éclairs bleus, tel le ciel lorsqu'il apparaît à la cime des grands cèdres. Ses traits étaient si peu dessinés que la beauté de ce visage ne vous frappait que par moments, sans crier gare, comme on se laisse surprendre par la présence d'un petit animal parfait au milieu du feuillage qui le camoufle. Son corps était taillé de manière plus sobre encore. Sa poitrine saillait de son buste tels deux boutons de porte en bois et ses hanches fines et effilées évoquaient celles d'un lévrier en pleine course. Il y avait en elle quelque chose de vif, d'insaisissable et de subtil qui excitait et frustrait le désir tout à la fois, un peu comme de l'eau salée dont on mouillerait les lèvres d'hommes assoiffés. Vous ne désiriez rien tant que de saisir cette chair à pleines mains, mais sitôt que vous l'attrapiez et la serriez contre vous, vous vous retrouviez à palper un tas d'os et de muscles noueux. Et sitôt que vous la relâchiez, avec un sentiment d'impuissance nauséeux, vous ne songiez qu'à la saisir à nouveau, les lèvres écumantes de bave. Telle était cette femme.

À cet instant, postée à la porte de la maison, elle observait le soir, son visage saturnien se dessinant contre l'obscurité bleutée du crépuscule. L'hiver était proche, des feuilles mortes voletaient autour d'elle et bruissaient en retombant sur le plancher en pin. Elle referma la porte, passa les mains sur ses hanches étroites et fixa le vide une ou deux secondes.

Puis ses lèvres minces s'entrouvrirent et elle lança :

« Prépare-toi, Bill ! Y va pas tarder à prendre la route pour rentrer ! »

Ses doigts effilés papillonnèrent le long de ses joues, écartant ses mèches brunes ondulées d'une manière anormalement féminine.

« Apporte ton fusil, hurla-t-elle plus sèchement. J'm'en vais chercher les lanternes dans la grange. »

L'homme descendit l'escalier de son pas pesant. Il portait des bottes. Tandis qu'il progressait, massif et raide comme un tronc d'arbre, la crosse de son fusil à double canon rebondissait sur les marches avec un bruit mat. La femme se raidit.

« Tu peux pas mettre ce fusil en bandoulière ? » siffla-t-elle entre ses dents.

Les yeux de l'homme paraissaient singulièrement grands dans son visage étroit hâlé, et ses cheveux jaune paille lui tombaient sur le front. D'un geste brusque, il hissa le fusil sur son épaule et s'immobilisa comme s'il était incapable de repartir sans en avoir reçu l'ordre.

« Reste pas planté comme un piquet ! hurla-t-elle. Remue-toi ! »

Elle attendit un instant, hérissée, puis fila vers l'arrière de la maison. L'homme jeta un regard autour de lui, telle une bête effarouchée cherchant une échappatoire moins périlleuse que la porte ouverte sur la nuit que la femme venait d'emprunter. Apparemment, il n'y avait aucune autre issue.

Quelques instants plus tard, l'homme et la femme se hissèrent sur le siège avant de la vieille Ford garée derrière la maison. Elle, chargée de deux lanternes et d'un jerrican de kérosène, et lui, de son fusil. Ils roulèrent un moment sur la Missouri State Highway et s'arrêtèrent peu avant un grand virage que les locaux surnommaient la Courbe du Mort.

La femme descendit aussitôt du véhicule et se posta sur le bas-côté de la route.

« Va cacher la voiture ! ordonna-t-elle. Y a pas d'temps à perdre !

— Bah, à quoi bon ! grogna faiblement l'homme. Y s'ra bien trop bourré pour voir arriver sa dernière heure !

— T'as qu'à prendre le risque si tu veux, toi ! » marmonna la femme.

Elle se replia dans les buissons qui poussaient le long d'un champ et grimpa à tâtons dans le noir jusqu'à ce que ses mains rencontrent une vieille souche, juste au-dessus du petit remblai. Elle s'assit dessus, puis, la trouvant trop rugueuse, se releva et étala dessus son blouson de cuir d'homme trop large pour ses épaules graciles. Elle se rassit, tira quelques cartouches de la poche de son pull marron effiloché et chargea le fusil avec les gestes précis que confère l'habitude.

Quelques minutes plus tard, l'homme la rejoignit. Il hésita, ignorant ce qu'il était supposé faire de sa grosse charpente raide.

« Assieds-toi ! ordonna-t-elle.

— T'as une bonne vue d'ici ? » demanda-t-il, s'asseyant maladroitement à ses pieds.

Elle hocha la tête, puis se détourna vivement pour fixer son regard sur la Courbe du Mort, à une courte distance, au pied du remblai.

« Y devrait plus tarder maintenant. »

L'homme changea d'appui malaisément.

« On aurait dû prendre deux fusils.

— Deux fusils ! ricana la femme. Pour quoi faire ? J'aurai aucun mal à l'descendre, moi ! »

Ils échangèrent un regard furtif, les lèvres de la femme formant un léger rictus, l'homme, nerveux, s'efforçant de sourire. Il détourna les yeux le premier et fit mine de tirer une petite bouteille de la poche arrière de son pantalon de velours côtelé.

« Nan, t'es assez chargé comme ça ! » aboya aussitôt la femme.

Elle lui arracha la bouteille des mains et l'envoya voler vers l'autoroute.

« Hé, Mary... », se plaignit-il.

On aurait dit le gémissement d'un chien qu'on vient de rabrouer.

Ils se turent et attendirent. Environ une heure plus tard, de gros flocons de neige cotonneux se mirent à tomber. La femme n'avait pas changé de position sur sa souche. L'homme, qui s'était rapproché d'elle, tenta d'appuyer son épaule contre son genou. La femme se détendit instantanément et se pencha pour l'embrasser. Il laissa échapper un grognement guttural et essaya de la palper de ses longs doigts avides. Elle le repoussa.

« J'ai bien vu que t'avais peur quand t'as descendu l'escalier avec ton fusil qui traînait derrière toi ! dit-elle moqueuse. Quand un homme est pas capable de porter son fusil à l'épaule...

— C'est la première fois que j'vais tuer quelqu'un, répondit-il d'un ton hésitant, et... c'est mon frère jumeau, en plus !

— T'aurais dû y penser la première fois qu'tu m'as renversée dans l'champ. Une femme peut pas vivre dans une maison avec deux hommes. C'est pas prudent, en tout cas !

— Parfois, j'ai l'impression qu'tu détestes Clyde parce qu'il t'aime un peu moins que toi tu l'aimes », dit l'homme.

La femme ricana.

« Fais pas mine de m'comprendre maintenant, Billy ! Y a que Dieu qui l'pourrait !

— Dieu ou le diable ! » rétorqua l'homme, lui enserrant les jambes d'un bras jusqu'à ce qu'elle ait mal.

La femme s'accrocha à ses épaules et se pencha sur son oreille.

« J'préfère que ce soit toi qui m'tiennes chaud au lit ce soir », lui chuchota-t-elle.

Ils attendirent une heure de plus.

« Il a dû s'trouver une fille là-haut, marmonna la femme d'un ton plein d'amertume, mais y s'ra d'retour avant qu'le soleil s'lève. »

Les doigts de l'homme, s'animant de nouveau, tels des serpents charmés par une douce musique, se mirent à palper le corps de la femme à l'aveuglette.

« T'as les mains froides ! » bougonna-t-elle, immobile.

Il les referma sur ses cuisses.

« Qu'est-ce qui t'a fait pleurer, l'aut' fois, quand tu l'as surpris en ville avec Jess Turner ? »

Elle se raidit.

« Comment ça s'fait qu't'as pleuré sur tout l'chemin du r'tour ? insista-t-il.

— Tu parles trop de trucs qui t'regardent pas ! siffla la femme entre ses dents. Si tu la fermes pas et qu'tu reparles de Jess, j'te grille la cervelle, Billy ! »

La neige tombait plus dru, à présent, tourbillonnant dans le vent vif. Elle récupéra son blouson sur la souche, s'en drapa les épaules et le croisa sur ses seins. Mais elle claquait toujours des dents.

« C'est ça, Jess ! murmura-t-elle, garde-le aussi longtemps qu'tu peux cette fois ! Y faudra que t'attendes bien des nuits froides avant de l'revoir !

— Lève-toi ! » lui ordonna soudain l'homme.

La voix tremblante et rauque de la femme semblait avoir réveillé en lui une force nouvelle. Il la saisit par les coudes, la releva brutalement de la souche et lui prit férocement les lèvres.

« Maintenant tu rentres à la maison ! J'vais finir le boulot ! »

Elle le fusilla d'un long regard à travers le voile de neige, puis, posant les mains sur ses épaules, l'attira à elle pour échanger un autre baiser.

« Rentre et garde-moi le lit bien chaud ! reprit-il.

— Y a plus d'une cartouche dans ce fusil, dit la femme d'un ton appuyé, mais y a qu'une place pour un homme dans ma maison à partir de maintenant. »

Elle descendit lentement le remblai, s'accrochant à des branches, le blouson noir volant dans son dos.

Arrivée en bas, elle parla à voix haute sans se retourner, comme pour elle-même.

« Y va faire frisquet dans ce lit… en attendant que l'un d'vous rentre à la maison ! »

L'homme jura dans sa barbe.

Pendant deux heures, allongée dans son lit, elle tendit l'oreille, espérant entendre un coup de feu arriver de la route. Mais le vent soufflait si violemment, à présent, qu'elle n'aurait pas pu l'entendre. À un moment, elle se leva pour aller ouvrir la fenêtre et distingua la lumière vacillante des deux lanternes posées au milieu de la route, du côté de la Courbe du Mort. Apparemment, il ne s'était encore rien passé. Le temps semblait déréglé, cette nuit. Elle claqua la fenêtre et se recoucha. Il faisait de plus en plus froid. Elle se mit à frissonner de manière incontrôlable entre les draps rêches.

Un instant plus tard, la porte d'entrée s'ouvrit à la volée, en bas. Et aussitôt, le pas lourd d'un homme résonna dans le couloir, puis dans l'escalier. Un pas ni précipité ni lent. Un pas qui n'avait rien de particulier, rien de notable qui puisse le distinguer d'un autre pas. Elle allait devoir attendre que la voix de l'homme s'élève pour savoir lequel des deux était de retour.

Allongée dans le noir, les paupières serrées et agrippant les draps de ses deux mains, elle marmonna une sorte de prière.

Les pas s'approchèrent de la chambre sans marquer d'arrêt. La porte fut poussée. Et elle sut. Elle devina au bruit de sa respiration, au léger effluve d'alcool qui se mêla à l'air glacial de la chambre, lequel des deux frères était rentré. Elle se mordit violemment les lèvres et attendit. Il lui semblait que ses frissons ébranlaient tout le lit. Elle ne parvenait pas à faire taire le souffle rauque qui s'élevait du vide douloureux et glacial qui avait envahi sa poitrine.

Les pas d'une lenteur délibérée approchèrent de la table de chevet. Une allumette craqua et une seconde plus tard la lampe s'éclaira.

Elle ouvrit les yeux, tout doucement, comme si on venait de la tirer d'un profond sommeil, et regarda le visage de son mari, qui l'observait avec attention.

« Salut, Clyde, marmonna-t-elle d'une voix empâtée. T'es en retard. »

L'homme ouvrit son blouson et le laissa tomber au sol.

« Tu m'attends depuis longtemps ? » demanda-t-il d'un ton désinvolte.

Elle remarqua qu'il se tenait immobile, la tête légèrement penchée sur le côté, comme pour mieux entendre sa réponse.

Elle attendit un instant que sa voix se stabilise, et dit :

« Nan. Je m'réveille juste. »

Se remettant soudain en mouvement, l'homme se débarrassa de sa chemise de flanelle, qu'il laissa tomber à côté du blouson. Puis, semblant frappé d'un autre doute paralysant, il se pencha sur la femme.

« T'as pas entendu un bruit qui venait de la route ?

— Quand ça ?

— Y a quelques minutes. »

Elle insuffla une pointe d'irritation à son ton.

« Je te l'ai dit, Clyde, j'viens d'me réveiller ! »

Il se détourna lentement, se grattant le torse.

« Un gars m'a tiré dessus au niveau de la Courbe du Mort. Avec un fusil à double canon ! La balle a traversé l'pare-brise et manqué ma tête d'un centimètre, j'dirais ! »

À nouveau la femme soutint son regard sans presque ciller. L'homme fut le premier à baisser les yeux.

« Dieu tout-puissant ! » finit-elle par s'exclamer, comme si la gravité de l'information la frappait soudain.

L'homme grogna, retourna la tinette et s'assit dessus pour ôter ses bottes.

« Y avait deux lanternes en plein milieu d'la route. Pour que j'm'arrête, j'dirais. Mais j'ai foncé dans le tas. »

Il poussa un nouveau grognement, chargé de mépris.

« Les chasseurs d'écureuils f'raient bien d'éviter de pointer leur fusil sur un homme ! »

Il se débarrassa prestement de ses derniers vêtements et s'approcha du lit. Il s'assit sur le bord du matelas et massa un instant ses pieds glacés.

Avant qu'elle ait le temps de sceller ses lèvres, la question jaillit de sa bouche.

« Juste un coup ? demanda-t-elle.

— Nan..., répondit-il d'une voix traînante. C'est bizarre. Maintenant qu'j'y pense, j'crois que j'en ai compté... deux ! Et devine *quand* j'ai entendu le deuxième ? »

La femme resta muette.

« Quand j'me suis engagé dans l'allée d'la maison ! »

Il se pencha sur elle, plantant ses mains de part et d'autre de son corps, qui se dessinait sous l'édredon.

« T'as pas vu Billy ? lui demanda-t-il. Où est-ce qu'il est donc passé ? »

La femme cilla imperceptiblement.

« Y doit dormir à c't'heure, murmura-t-elle. Y doit dormir à poings fermés ! »

Ils se dévisagèrent un long moment, puis des sourires se dessinèrent sur leurs lèvres. Une légère rougeur envahit le visage de la femme. Elle se mit à frissonner de tous ses membres entre les draps rêches, sous l'édredon en patchwork criard.

« J'ai eu froid dans c'lit à attendre que tu rentres à la maison ! » ronronna-t-elle doucement.

L'escalier qui mène au toit

Ô heure aveuglante,
ô saint et terrible jour
Edna St. Vincent Millay

La chose produisit un drôle de bruit flasque en s'écrasant contre le béton. Un membre, amputé par la corniche, atterrit à plusieurs mètres de là, sur le trottoir. La jupe noire d'une vendeuse de bonbons fut éclaboussée. Elle hurla et perdit connaissance. Deux religieuses qui attendaient le bus au coin de la rue et avaient évité le corps en chute de justesse s'adossèrent à une boîte aux lettres, flageolantes, et se mirent à murmurer des prières. Dans un brouhaha hideux de crissements de freins et de hurlements de klaxons, la circulation s'interrompit sur Washington Avenue – grande artère industrielle du Midwest – alors que, mus par une curiosité morbide, des automobilistes s'arrêtaient au milieu de la chaussée et bondissaient hors de leurs véhicules pour profiter du meilleur point de vue accessible. Des gens couraient en tous sens, soit pour voir le spectacle, soit pour l'éviter. Certains allaient et venaient avec la frénésie de poulets sans tête, impatients de voir la scène et la redoutant tout à la fois, et incapables de suivre l'une ou l'autre de ces impulsions. Des fenêtres s'ouvrirent de part et d'autre de la rue, et les visages de curieux apparurent. Le cercle de spectateurs qui s'était formé autour du corps en morceaux s'élargissait au même rythme que la flaque de sang sur le trottoir. L'agent de la circulation retrouva alors sa voix.

« Reculez, tout le monde ! Il n'y a rien de bon à voir ce genre de spectacle ! »

Personne ne lui prêta attention. Une clameur de questions et de spéculations s'éleva du cercle.

« Que s'est-il passé ?

— Quelqu'un vient de faire un Steve Brodie[1] du toit de la Continental ! »

* * *

La Fabrique de chaussures Atlantic est la branche la plus petite de la célèbre Fabrique de chaussures Continental, la plus grande fabrique de chaussures au monde. Ses bureaux occupent le dernier étage

1. New-Yorkais connu pour avoir sauté du pont de Brooklyn le 23 juillet 1886. (*N.d.l.T.*)

de l'immeuble immense appartenant à l'entreprise. De là, il suffit de monter une courte volée de marches pour arriver au local grinçant et vrombissant qui abrite le mécanisme des monte-charge. Au fond de ce local, une porte étroite ouvre sur la surface goudronnée du toit-terrasse.

La vue est assez splendide de là-haut, le matin, quand il fait beau. Les bandes de fumée nimbées de soleil qui s'étirent sur Washington Avenue évoquent ces brumes dorées qui planent autour des murs d'enceinte et des tourelles des fabuleuses cités des temps anciens. Par une journée à peu près claire, vous pouvez apercevoir le pont Eads, des fragments étincelants de la rivière brune qui file dessous, et parfois même, le contour flou des falaises jaune maïs de l'Illinois. De part et d'autre de l'avenue, des milliers de fenêtres réfléchissent la lumière du soleil tandis que les bruits stridents de la circulation et le vrombissement monotone des machines à coudre s'élèvent vers vos hauteurs. Il est cependant essentiel de ne pas laisser glisser votre regard sous la ligne d'horizon du levant, si vous voulez éviter de remarquer les éléments du paysage les moins exaltants. Car si vous laissiez tomber votre regard quelques centimètres plus bas, il se poserait sur les fenêtres de la Fabrique de chemises américaines, qui occupe l'étage supérieur de l'immeuble d'en face. Et vous seriez inévitablement saisis par l'effrayante symétrie des longues rangées de bustes vêtus de blanc des ouvrières courbées sur leurs machines noires, cousant des boutons blancs identiques sur des chemises presque invariablement identiques, dans une salle nue aussi hideuse qu'une cellule de condamné. Mais, aujourd'hui, il n'y a plus aucun danger qu'un regard pénètre l'intimité du dernier étage de la Fabrique de chemises américaines, puisque l'accès à la terrasse du toit de la Fabrique de chaussures Continental a été condamné. Depuis peu, une grille en fer et des chaînes cadenassées indestructibles ont été installées pour empêcher quiconque d'accéder à l'escalier qui mène au toit. Désormais, personne, à l'exception des gardiens et des électriciens, ne pourra plus gravir ces marches. La précaution est sans doute inutile, car il n'y avait qu'un seul Edward Schiller parmi les milliers et les milliers d'employés de la célèbre Continental, et quand bien même cette grille en acier et ces chaînes cadenassées n'auraient pas été installées pour condamner l'accès à l'escalier qui mène au toit, il ne l'aurait jamais plus gravi.

Deux ou trois fois par jour, durant les mois les plus cléments de l'année, Edward Schiller avait l'habitude de gravir en secret la petite volée de marches qui menait au toit. Là, il fumait une cigarette en vitesse, se remplissait les poumons de l'air relativement frais des hauteurs de la ville, et savourait une brève illusion de liberté. Il aimait contempler l'horizon du levant et les ébauches brumeuses des terres qui s'étiraient par-delà la rivière, par-delà la ville, ondulant peut-être, régulièrement, harmonieusement, jusqu'à l'océan. L'été, juste au-dessus des falaises qui bordaient ce flanc-là de la rivière, l'œil accrochait une onde dorée et une flamboyance verdâtre que votre raison plus que votre vision associait aux couleurs des champs de maïs et de céréales variées. Et il y avait ce ruban blanc, sillonnant parmi les ondulations scintillantes, qui, en toute rationalité, ne pouvait être qu'une autoroute permettant aux esprits aventureux de filer vers le nord ou le sud. Enfin, il y avait la rivière elle-même, qui semblait se moquer de l'enracinement de la ville et de l'humanité qu'elle abritait, leur opposant l'exemple inatteignable de ce mouvement perpétuel bouillonnant, de cette liberté inaliénable de déferler d'un bout de la Terre à l'autre. Un grand pont l'enjambait, que de longs trains, symboles de la fuite par excellence pour les humains, traversaient à une vitesse fulgurante, crachant des volutes de vapeur blanche et de fumée noire. Et même cette fuite-là ne pouvait être que partielle, car nécessairement limitée par les liens invisibles qui entravaient les voyageurs : la destination précise à atteindre, le retour qui suivrait ce départ. Edward Schiller n'était jamais monté à bord d'un train. Il n'avait jamais franchi les frontières de la ville de Saint-Louis. Au cours des cinq dernières années, il n'avait effectué que de courts allers-retours entre les deux mêmes points : la fabrique de chaussures et la pension de famille que tenait sa mère au centre-ville. Il n'avait rien d'un esprit aventureux. La simple vue des vastes étendues de campagne qui s'étalaient par-delà les limites de la ville pouvait lui donner le vertige. Car, s'il adorait les contempler du point de vue rassurant que lui offrait le toit de l'entreprise, ses contemplations réveillaient parfois en lui une sorte de terreur qui l'incitait à détaler, comme un petit animal effrayé file retrouver la sécurité de son terrier. Et s'il était une chose que l'on pouvait reconnaître à la Fabrique de chaussures Continental, c'était qu'elle offrait à ses employés la quasi-certitude d'y mener une carrière tranquille et sans surprise.

Schiller était issu de la classe sociale la plus insipide qui soit. Il avait toujours été confiné aux murs de sa maison, avait toujours voulu trouver le moyen de s'échapper, sans jamais parvenir à rassembler le courage moral ou physique nécessaire pour le faire. Sa mère était une logeuse imposante qui ne l'autorisait jamais à quitter la maison sans lui faire promettre de rentrer immédiatement après l'école ou de rester à portée de voix. La plus petite infraction au règlement lui valait de violents coups de fouet que sa mère lui administrait elle-même. Le père de Schiller était un être quasi insignifiant. Mme Schiller en parlait à tout le monde comme de la plus terrible désillusion de sa vie. Personne ne savait vraiment ce qu'elle avait pu attendre de cet homme-là pour éprouver une si profonde déception : il n'était pas de ceux dont on pouvait attendre quoi que ce fût de remarquable. C'était un être vaincu au teint cireux qu'une affection obscure confinait aux murs de sa maison depuis des temps immémoriaux, et que l'on trouvait toujours assis – l'été, sur un fauteuil en osier de la terrasse, l'hiver, dans le petit salon – à lire son journal ou à griffonner des phrases que lui seul était capable de déchiffrer sur des morceaux de papier kraft. Eddie n'éprouvait rien de plus qu'une vague compassion à l'égard de ce père pathétique. À sa mère, il vouait une haine pleine d'aigreur, mais ses coups avaient si profondément imprimé en lui le sens de ses responsabilités filiales qu'il ne parviendrait jamais à s'en affranchir. Il était à jamais enchaîné à la maison de briques carrée de Maple Street et au genre de vie que cette femme comptait le voir mener. En cela, ainsi qu'il finirait par le ressentir de manière instinctive, il était le digne fils de son père. Une créature sans colonne vertébrale. Un mollusque humain.

Un matin d'été, alors qu'il n'avait que dix ans, Edward Schiller se leva, persuadé qu'il était sur le point de vivre une grande aventure. Il s'étira, admirant le monde vert et or qui s'étendait derrière la fenêtre de sa chambre, s'habilla, puis ayant tendu l'oreille pour s'assurer que sa mère était bien dans la cuisine, ouvrit le tiroir du bas du bureau de cette dernière et tira cinquante cents de son porte-monnaie. Ce matin-là, il quitta la maison avec la ferme intention de ne jamais y remettre les pieds. Il décida de marcher sans s'arrêter jusqu'à ce que la ville soit loin derrière lui, même s'il devait pour cela traverser des contrées inconnues dont il ne pourrait ni parler ni comprendre les langages. En réalité, il ne dépassa pas les frontières de la ville. Il y avait bien plus de rues à traverser et d'angles à contourner qu'il ne se l'était imaginé. Et c'était une chose merveilleuse que de pouvoir traverser ces rues et contourner ces angles à loisir. C'était ce qu'on appelait la liberté, et il y goûtait pour la première fois de sa vie.

Il passa les jours suivants à errer dans la ville et à observer tout ce qu'il y avait à voir ; et il y avait de quoi s'en remplir les yeux à ras bord. Le soir venu, il dormait dans le parc. Ayant dépensé la totalité de ses cinquante cents en nourriture, il gagna un peu d'argent en lavant des vitres ou en récurant des perrons. Mais même lorsqu'il commença à avoir faim, il continua à s'amuser. Les difficultés, les douleurs physiques que lui causait son aventure étaient toujours plus que largement compensées par le bonheur qu'il éprouvait à se trouver à distance de la maison grise, hors de portée des yeux inquisiteurs, de la voix cassante et du tempérament imprévisible de sa mère.

Au matin du cinquième jour, à son réveil, il se découvrit enveloppé d'une ombre bleue géante. Le policier en uniforme le saisit par le bras, le secoua avec violence, et lui posa tout un tas de questions que l'enfant déconcerté et paniqué qu'il était ne réussit pas à éluder. Lorsque sa mère aperçut l'agent de police traînant le garçon derrière lui dans l'allée de la maison, elle se rua dehors et éclata en sanglots.

« Oh, mon Dieu, c'est le portrait craché de son père, gémit-elle. Il ne me vaut que des ennuis depuis le jour de sa naissance !

— Il mériterait une bonne correction, déclara l'agent, compatissant.

— J'ai le cœur brisé, je me sens incapable de me charger moi-même de ce petit démon, se lamenta-t-elle. Je me demande si vous auriez l'amabilité de le fouetter à ma place ? »

Ensemble, ils traînèrent à la cuisine le garçon qui se débattait et envoyait des coups de pied au hasard. Là, la femme l'immobilisa pendant que l'agent le fouettait avec la lanière de cuir.

« Oui, c'est ça ! Une bonne raclée ! » applaudit-elle.

Quand les coups de fouet s'arrêtèrent et que Schiller courut se réfugier à l'étage, sa mère offrit au policier un verre de limonade accompagné d'une tranche de gâteau, pour sa peine.

« S'il vous redonne du fil à retordre, appelez-moi, proposa l'agent de police, affable. Je serai ravi de corriger à nouveau ce petit démon pour vous ! »

Cette promesse, la mère d'Edward Schiller veilla à ce que l'enfant ne l'oublie jamais.

Si Schiller avait réussi à fuguer, cette fois-là, sa vie aurait peut-être suivi un cours différent, peut-être aurait-il réussi à se réaliser dans un projet créatif bien à lui. Mais sa fuite avait été un échec. L'oisillon avait été ramené sur terre avec une telle violence que, dès lors, il deviendrait incapable de se rebeller de quelque manière que ce soit contre sa captivité.

Schiller était un écolier rêveur. Il ne réussissait passablement que dans une seule matière. La composition anglaise. Il possédait, semblait-il, un talent certain pour l'écriture. Au début, ses professeurs louèrent ses rédactions et ses poèmes, tout en doutant qu'il en fût l'auteur. Mais le caractère ésotérique de tous ses écrits ne tarda pas à leur apparaître et à les persuader du contraire.

« Tu ne racontes pas les choses telles qu'elles se sont réellement passées, Edward, lui avait un jour reproché l'une de ses enseignantes du lycée.

— Si, m'dame, répondit-il avec une grande solennité. Je le fais toujours. »

Elle tressaillit en entendant cette affirmation catégorique, car l'histoire qu'il avait écrite était positivement abominable. Elle parlait d'un homme traqué et hanté par une silhouette bleue fantomatique, une sorte d'ombre démente à laquelle il ne parvenait pas à échapper. L'homme était un aventurier. Il voyageait à travers le monde. Mais où qu'il aille, le spectre bleu finissait toujours par se dresser en travers de sa route. À la fin de l'histoire, l'homme sombrait dans la folie et mourait.

« Ce genre de créature n'existe pas ! insista l'enseignante. Tu devrais essayer d'écrire sur ce qu'il se passe réellement dans la vie, sur des hommes et des femmes réels. Ou ton talent sera gâché. »

Elle traça un moins en rouge à côté du « F » dont elle avait marqué la première page de sa rédaction et laissa partir Schiller, consciente du fait qu'elle avait parlé dans le vide. Le garçon s'était contenté de la dévisager avec un air grave et indéchiffrable ; comme s'il avait l'intime conviction que ce qu'il racontait était vrai, comme s'il possédait une connaissance secrète, que ni elle ni aucun autre pédagogue ordinaire ne seraient en mesure de comprendre, qui réfutait tous les arguments qu'elle aurait pu lui opposer.

À la maison aussi Schiller écrivait des histoires et des poèmes. Sa mère était toujours déconcertée et terriblement choquée quand elle en découvrait sous un matelas ou entre les pages d'un livre. Elle déchirait tout ce sur quoi elle pouvait mettre la main et suppliait le pasteur de leur paroisse de bien vouloir prier pour le salut de son fils.

Le jour où Schiller eut son baccalauréat, sa mère bénit le ciel d'avoir mis M. Jacobs sur leur route. Le père d'Eddie était déjà mort, à l'époque. Il ne leur restait plus grand-chose de l'argent de son assurance et, le pays étant en proie à une terrible crise économique, ses pensionnaires ne la payaient que fort peu. M. Jacobs était le plus ancien et le plus fiable d'entre eux. Quand ils se rendaient à l'église méthodiste, le dimanche soir, il arrivait à la logeuse de lui confier ses doutes concernant l'avenir de son fils. Eddie désirait aller à l'université. Il souhaitait étudier la littérature, les sciences et les arts. Un vague sursaut désespéré le poussait à tenter de se hisser au-dessus de la condition ordinaire qui l'attendait. Mais la mère d'Eddie ne voyait pas cette ambition d'un bon œil. Et M. Jacobs pensait que ce garçon n'avait aucun besoin de s'instruire davantage, qu'il était bien assez rêveur comme cela, qu'il manquait d'esprit pratique et que cette manie d'écrire des poèmes trahissait un penchant alarmant pour la perversion.

« S'il savait taper à la machine, je pourrais lui obtenir un poste d'employé de bureau dans l'entreprise qui m'emploie. »

Mme Schiller obligea donc son garçon à suivre une formation commerciale. Et quand il eut terminé ses études, elle l'envoya à la Fabrique de chaussures Atlantic, la branche la plus petite de la Continental, où M. Jacobs réussit à le faire embaucher pour taper les commandes destinées à l'usine. Il travaillerait pour le fabricant de chaussures cinq années durant – soit jusqu'au matin de sa mort –, pour un salaire de soixante-cinq dollars par mois, et chaque fois qu'il présenterait son chèque à sa mère, elle répéterait cette prière : « Béni soit le ciel d'avoir mis M. Jacobs sur notre route ! »

Schiller passait pour un jeune homme très singulier au sein du bureau. Il y avait quelque chose chez lui, personne n'aurait su dire quoi au juste, qui le distinguait de ses collègues. C'était un garçon séduisant et poli, mais si silencieux, si discret, qu'il lui était impossible de nouer la moindre amitié. Certains le croyaient snob. D'autres désespérément idiot. Quoi qu'il en fût, il ne semblait pas appartenir à leur aimable confédération. Le regard qu'il portait sur sa servitude différait du leur. Eux acceptaient leur inéluctable assujettissement à la machine industrielle comme un état de fait naturel, voire confortable. Ils n'avaient aucun souci à se faire pour leur avenir. Le jour, le mois, la saison, et même l'année qui suivraient seraient presque rigoureusement identiques aux précédents. Il se pouvait qu'ils grossissent ou maigrissent, que leurs épaules se voûtent, que leur teint devienne terreux au fil des années passées à la Fabrique de chaussures Continental, mais ils seraient toujours assurés de toucher le même salaire. Schiller, lui, avait le tempérament d'un artiste. Il ne pouvait contempler sereinement la perspective d'être assujetti à cette forme de servitude. Il avait le sentiment d'être entouré de portes closes que seuls le courage et l'esprit d'aventure dont on l'avait dépouillé depuis longtemps auraient pu ouvrir. Car au bout de chaque couloir qui menait vers une échappatoire possible, apparaissait l'ombre bleue qui, bien que n'existant que dans son subconscient, avait hanté ses jeunes années.

Schiller était un esprit rebelle qui manquait du courage nécessaire pour se rebeller. De sorte qu'il se tenait à l'écart des autres esclaves, silencieux. Des petites intrigues étaient sans cesse fomentées au sein du bureau pour discréditer son travail et provoquer son renvoi. Mais, contre toute attente, Schiller était un employé efficace. Il ne parlait pas et ne se levait que pour effectuer ses escapades secrètes et humer le vent de liberté illusoire qui balayait la terrasse du toit ; il était l'archétype de l'employé modèle pour la Fabrique de chaussures Atlantic. Et si le chef du bureau partageait l'antipathie des autres esclaves à son égard, il était incapable de trouver le moindre prétexte pour renvoyer ce jeune homme si singulier.

Depuis le jour de son embauche à la Fabrique de chaussures Atlantic, Schiller avait pour tâche de taper les commandes destinées aux usines. Et on n'aurait pu lui assigner de tâche plus ingrate que celle-là. Les tiroirs de son bureau étaient remplis à ras bord de feuilles de papier quadrillé. Chaque fois que l'on recevait des commandes d'un client, on tendait à Schiller une pile de listes complétées au crayon à papier. Il insérait alors une feuille quadrillée dans sa machine à écrire – une machine ordinaire mais avec des chiffres plus gros sur les touches supérieures et un ruban à encre aniline. En haut de la page, dans des espaces prévus à cet effet, il tapait le nom de l'usine à qui la commande s'adressait, le numéro de référence de ladite commande, la date, le nombre de caisses et de boîtes en douzaines. Puis il sautait plusieurs lignes et commençait à taper la longue liste de pointures. C'est alors que la monotonie de la tâche devenait manifeste. Allant de gauche à droite, il recouvrait des pages et des pages de numéros d'inventaire et de nombres correspondant aux douzaines de paires exigées, par pointure et par largeur. Ce travail répétitif était usant au-delà de l'imaginable. Et au plus fort de la demande, à l'automne et au printemps de chaque année, ses journées viraient au cauchemar. Durant ces périodes-là, le chef de bureau ne lâchait pas Schiller d'une semelle, de peur qu'il ne prenne du retard et n'endigue le flot bouillonnant de commandes qui alimentaient les usines. Ses yeux et les articulations de ses doigts le faisaient cruellement souffrir. Sans compter que la sténographe du bureau d'en face se plaignait sans cesse de la lumière. Et que si l'éclairage électrique lui donnait des maux de tête, Schiller, lui, ne voyait pas grand-chose sans. Même les jours de grisaille, les plafonniers demeuraient éteints. L'effort visuel qu'il devait alors fournir était une véritable torture pour son crâne. Il se penchait tant sur sa page que des petites secousses électriques lui parcouraient la colonne vertébrale. De minuscules tourbillons pailletés traversaient les pages quadrillées et d'épais voiles noirs encadraient son champ de vision menaçant sans cesse d'oblitérer toute la page. Et chaque fois qu'il interrompait son travail pour se frotter les yeux et détendre ses épaules douloureuses, le chef de bureau approchait à grands pas et lui enjoignait de ne pas perdre de temps d'un sévère : « Continuez, Schiller ! »

Il jetait un coup d'œil furtif à l'horloge. Mon Dieu, il avait l'impression de taper depuis des lustres et il était à peine dix heures ! Il se remettait au travail. Et tout recommençait. Il résistait au vertige, vague après vague, jusqu'à ce qu'il se trouve à nouveau dans l'obligation de s'interrompre un instant, pour lutter contre l'étrange sentiment de désintégration interne qui l'envahissait. Son chef levait alors ses yeux inquisiteurs de son bureau et surprenait le jeune Schiller adossé à son siège. Ce que suggérait ce regard noir, personne n'aurait su le dire. Peut-être le chef de bureau soupçonnait-il Schiller de dilapider le temps de l'entreprise, ce qui constituait un péché impardonnable. Peut-être considérait-il que Schiller était un dactylographe incompétent, allant jusqu'à envisager son renvoi. Quoi qu'il en fût, il revenait aussitôt afin de lui rappeler pour la énième fois :

« Jeune homme, ce sont des commandes de la Liste X. Elles doivent être envoyées avant le déjeuner !

— Vérifiées et dupliquées ? hoquetait Schiller.

— Vérifiées et dupliquées ! grondait son chef. »

Les paroles *Vérifiées et dupliquées, tapées, vérifiées et dupliquées avant le déjeuner !* résonnaient dans la tête de Schiller, tel un refrain épouvantable. Elles signifiaient qu'il devrait renoncer à l'heure du déjeuner, oasis de paix de sa journée dont les bienfaits lui donnaient le courage d'endurer cette épreuve. Qu'il devrait renoncer à son déjeuner pour avoir une chance de terminer les « Listes X » à temps. Car si les rouages de l'industrie étaient ralentis par sa petite personne insignifiante, qui hésiterait à le dégager d'un coup de balayette ? Alors, l'hectographe devenait un monstre aux mâchoires gigantesques qui menaçait de le dévorer, de le broyer entre ses deux rouleaux gélatineux s'il ne le nourrissait pas assez vite de pages dactylographiées à l'encre violette ! Le tic-tac de l'horloge, qui aurait dû annoncer sa délivrance devenait un couperet prêt à s'abattre sur son cou !

Voilà en quoi consistait le travail de frappe des commandes destinées aux usines, le travail qu'accomplissait Schiller depuis cinq années, cinq jours et demi par semaine en temps normal, et six jours entiers au plus fort de l'automne et du printemps. Comme tous les autres employés du bureau, Schiller était si habitué à n'être qu'un petit élément du grand tout que représentait l'entreprise, qu'il était incapable d'envisager sa vie sans elle. Il y avait presque du fanatisme dans son application à accomplir son ouvrage. Il ne parlait presque jamais à ses collègues et ne s'éloignait de son bureau que deux ou trois fois par jour, pour se rendre aux toilettes ou effectuer l'une de ses escapades secrètes. Schiller était monté sur le toit à plusieurs reprises déjà, le matin de la tragédie. Il trouvait la vue particulièrement splendide les matins clairs et venteux du printemps ou de l'automne. Le bâtiment de quelque vingt-cinq étages se dressait au sommet du promontoire rocheux sur lequel la ville avait été bâtie, telle une flèche pointée vers le soleil mais ancrée sur son socle immuable. Mais seul son toit semblait bénéficier de la pureté de l'air qui balayait les hauteurs de la ville.

Ce matin particulier, le mois de septembre arrivait à son terme. Le jour était lumineux, mais une légère brise automnale annonçait les inconfortables averses glaciales et chutes de neige qui allaient bientôt le priver de ce refuge. Alors, au lieu de gagner cette terrasse, il lui faudrait se replier vers les toilettes, fumer au son des éternelles discussions sur les matches qui se succédaient à des intervalles prévisibles au fil des saisons sportives, et endurer les regards malveillants et soupçonneux que ses collègues coulaient à sa silhouette silencieuse, presque servile. En outre, le cadre lui-même était particulièrement peu attrayant. Pour décourager les traînards, on l'avait voulu aussi peu hospitalier que possible. La symétrie hideuse, valeur apparemment fondamentale de toutes les grandes entreprises, était ici poussée à son degré extrême. L'un des murs était occupé par cinq urinoirs blancs équipés de grilles pour prévenir les engorgements, et le mur opposé par cinq cabines vertes attaquées par la rouille. Celles-ci avaient la faveur des hommes les plus âgés – que cela soit indispensable ou non –, l'inactivité ayant affaibli leurs jambes. Dans un sursaut d'extravagance, l'entreprise avait planté de somptueux crachoirs en cuivre dans chaque espace vacant. Il y en avait dans chaque cabine, un autre, gigantesque, installé sous les cinq lavabos, et encore un à côté de la porte. Où que l'on choisisse de porter son regard, il était impossible d'échapper à l'écœurante suggestion : crachez, crachez, crachez ! Apparemment, pour les entreprises du Midwest, le crachoir en cuivre était une sorte de symbole patriote, tels le dragon chinois ou la fleur de lis française.

Ce lieu d'aisances ravissant était répliqué à l'identique à tous les étages du bâtiment. C'était le seul endroit où un employé de bureau de sexe masculin pouvait se retirer pour savourer les rares instants de répit que lui offrait sa journée de labeur. Ici, il pouvait reposer ses yeux rouges larmoyants, battre des paupières, passer ses mains douloureuses sous l'eau chaude, faire craquer ses doigts, cracher son flegme, éjecter ses excréments, et échanger des sourires ahuris étrangement implorants en s'efforçant de soutirer à son cerveau engourdi quelques balbutiements miraculeux. En ce lieu, l'air nauséabond était toujours traversé d'effluves de matières fécales et de tabac froid, et l'unique fenêtre était si proche du mur vert mucus de l'entrepôt voisin que l'air frais n'avait quasiment aucune chance de passer par là.

En ce matin de septembre, debout sur le toit, tourné vers le levant, Schiller avait l'impression d'adresser un dernier salut à la douce fraîcheur estivale et à ses beaux rêves d'évasion. Il s'enrhumait facilement et savait qu'il ne prendrait pas le risque de grimper ici par temps froid et humide. Il allait devoir renoncer à ces moments de répit jusqu'au printemps prochain. Aussi s'attarda-t-il là-haut plus longtemps que d'ordinaire ce matin-là, fumant jusqu'à ce que sa cigarette lui brûle le bout des doigts.

Et tandis que Schiller s'attardait plus que d'ordinaire sur le toit, une nouvelle attaque contre sa personne, bien plus dangereuse que les attaques habituelles, se préparait dans le service. À l'étage du dessous, le secrétaire du chef et ennemi le plus farouche de Schiller venait de compulser les registres dans lesquels Schiller tenait le compte des ventes par numéro d'inventaire. Et il avait tiré de cet examen minutieux des éléments de preuve accablants. Dans l'un des registres, griffonnés en travers d'une page, se trouvaient des mots qui n'avaient aucun lien avec la fabrication ou la vente de chaussures. Il ouvrit les tiroirs du bureau de Schiller et remua leur contenu hétéroclite jusqu'à ce qu'il mette la main sur les pages couvertes d'une étrange écriture qu'il avait vu le jeune homme fourrer dedans à diverses occasions. Furtivement, sentant l'excitation monter en lui, il fit une pile de ces feuilles et regagna son propre bureau. L'écriture était difficile à décrypter, mais, dans un état de perplexité haletante, le secrétaire espion s'appliqua à lire chaque mot, prenant peu à peu conscience de leur caractère poétique. « Mon Dieu, pensa-t-il, c'est de la poésie ! Il écrit de la poésie... »

Le secrétaire transmit cette preuve accablante au chef de bureau en un temps record, et la réaction de son supérieur fut à la hauteur de ses espérances. Quelques minutes plus tard, tout le service avait conscience de l'imminence du drame qui se préparait. Schiller allait être renvoyé !

Le chef de bureau froissa les pages griffonnées dans son poing gigantesque et beugla :

« Envoyez Schiller à mon bureau ! »

Le secrétaire afficha un sourire triomphant.

« Il n'est pas à son poste, monsieur Walland.

— Alors allez le chercher aux toilettes et ramenez-le-moi !

— Il n'est pas aux toilettes non plus, monsieur Walland.

— Où diable est-il, dans ce cas ? »

Se pourléchant les babines, le secrétaire se ménagea un silence théâtral.

« C'est que… il est sur le toit, monsieur Walland !

— Sur… le toit ! Mon Dieu ! Que fait-il là-haut ?

— Régulièrement, le bureau lui tape sur les nerfs, monsieur Walland. C'est une sorte de Greta Garbo. Il a besoin de solitude ! Alors il file par la porte de derrière et il monte sur la terrasse du toit ! »

Le visage du chef de bureau vira à l'écarlate.

« Eh bien, je pense que Schiller mériterait de prendre un long congé ! Envoyez-le-moi dès qu'il sera redescendu. Dieu du ciel, déraisonnable comme il est, c'est un miracle qu'il ne soit pas tombé de ce toit, depuis le temps ! »

Quand il redescendit, Schiller sentit immédiatement que le vent avait dangereusement tourné dans le bureau. Son secret avait-il fini par être découvert ? Quelqu'un l'avait-il vu se faufiler dans l'escalier qui menait au toit ? Pourquoi paraissaient-ils tous si affairés, et lui coulaient-ils ces regards sournois pardessus leurs machines à écrire, leurs registres ou leurs dossiers ? Ils mijotaient quelque chose ! Il avançait dans l'allée centrale pour regagner son bureau quand il remarqua que les yeux du chef de bureau étaient braqués sur lui. Soudain, il lui fut impossible de faire un pas de plus. Ses os s'étaient comme liquéfiés.

« *Schiller !* » rugit son supérieur.

D'un pas mécanique, il avança jusqu'au fond de la salle et s'arrêta à côté du bureau de son chef, sans oser le regarder. Pourtant, il allait bien devoir le faire.

Les yeux de son supérieur lançaient littéralement des éclairs.

« Asseyez-vous ! » rugit-il comme s'il ordonnait à un chien têtu d'exécuter une pirouette.

Schiller se laissa tomber mollement dans la chaise au dossier raide, collée tel un parasite au grand bureau en chêne de son chef. On l'appelait la « chaise électrique », comme l'appareil qui, dans les prisons, exécutait les condamnés à mort. L'analogie était bonne, l'existence professionnelle de quantité de malheureux s'était terminée sur cette chaise. Lorsque Walland avait des félicitations à prodiguer – ce qui était trop rare pour mériter d'être mentionné –, il le faisait toujours en privé. Mais lorsque c'était une semonce ou une condamnation qui se préparait, il convoquait toujours sa victime sur la « chaise électrique » accolée à son bureau, afin que tous les employés puissent profiter du spectacle et en retirer le même bénéfice moral que le peuple lors des exécutions publiques de l'ancien temps.

« Monsieur Schiller, commença Walland, votre travail est plutôt satisfaisant. Et cependant, dès votre arrivée ici, j'ai eu le sentiment que vous n'étiez pas notre genre de recrue habituelle… »

Repoussant le moment de porter son premier coup dans les chairs frémissantes de Schiller, M. Walland coupa le bout d'un cigare avec ses dents et sortit tranquillement de sa poche un briquet à essence.

« Aujourd'hui, poursuivit-il, mon secrétaire a porté à ma connaissance des pages découvertes dans vos registres de comptes qui attestent que mon sentiment était justifié. »

M. Walland leva lesdites pages avec l'air solennel du magicien qui retourne son chapeau pour montrer qu'il ne contient pas de lapin.

« Depuis combien de temps travaillez-vous pour nous, Schiller ? » reprit-il.

Car renvoyer un employé était tout un art. Un renvoi se devait d'avoir une structure cohérente : un début, un apogée et une conclusion, comme tout drame bien construit ; et Walland était un metteur en scène hors pair lorsqu'il s'agissait de renvoyer des employés de bureau.

« Je ne sais pas, monsieur », répondit Schiller en toute honnêteté.

En ce qui le concernait, il aurait aussi bien pu travailler ici depuis des siècles, il avait perdu toute notion du temps depuis le jour de son embauche. Quand bien même son esprit n'aurait pas été paralysé par la terreur, à cet instant, il lui aurait été impossible d'apporter une réponse précise à cette question.

Le chef de bureau sauta sur l'ouverture que lui offrait cette simple confession pour augmenter d'un cran la tension théâtrale de sa scène.

« Vous ne savez pas ! hoqueta-t-il. Vous voulez dire que vous êtes si totalement détaché de votre travail que vous ignorez depuis quand vous êtes parmi nous ? »

Schiller ne se hasarda pas à répondre à cette question-là. Son visage et ses yeux paraissaient littéralement pétrifiés. Il y avait toujours eu quelque chose d'enfantin dans le visage de Schiller. Il était d'ailleurs encore très jeune. Il n'avait guère plus de vingt-deux ans, et en dépit de ses yeux fatigués et de son teint blafard, il ne faisait pas son âge. Ses lèvres trahissaient sa douceur et sa sensibilité, et son nez, son front, son menton délicatement ciselés lui avaient toujours conféré les dehors d'un jeune homme qui n'avait jamais tout à fait quitté l'enfance. Il aurait fait une fille très belle. Mais ces traits-là sur un visage d'homme lui donnaient un air étrange. À cet instant, pourtant, la jeunesse et la douceur avaient totalement déserté son visage fin. Il avait vieilli de manière tragique en l'espace de quelques minutes. Ce n'était plus Edward Schiller que le chef de bureau avait devant lui, mais un masque affreux. Des yeux écarquillés, des lèvres pincées et des narines légèrement dilatées. Des veines bleues se dessinaient nettement sur ses tempes, contrastant avec son teint crayeux. C'était tout sauf le visage d'un jeune homme, tout sauf le visage d'un jeune employé de bureau.

« Schiller ! hoqueta le chef. *Schiller !* »

Les lèvres figées se mirent à remuer, telles les lèvres d'un masque crachant des mots.

« Je sais, je sais ! Vous allez me renvoyer ! »

Sa voix stridente, presque flûtée, évoquait celle d'un enfant gémissant.

Puis le visage se fripa, et Schiller éclata en sanglots. Il cacha sa tête dans ses bras et des mèches brunes relativement longues s'étalèrent sur le bureau du chef. Un silence s'abattit sur tout le service. On n'entendait plus que les hoquets déchirants et enfantins du jeune homme que l'on renvoyait. Personne ne s'était attendu à cette scène-là. Et personne ne tira plaisir à le voir dans ce triste état, même si tous éprouvaient un certain degré d'antipathie pour le jeune homme singulier. Ils l'avaient toujours soupçonné d'être un jeune arrogant qui s'estimait au-dessus d'eux en raison de la vie qu'il menait hors du bureau. C'était pour cette raison qu'ils ne l'aimaient pas et que certains complotaient pour lui nuire. Parce qu'il était inexplicablement différent.

Ils étaient déconcertés. Perturbés par cette réaction si différente de ce à quoi ils s'étaient attendus. Ils commençaient à se demander s'ils n'avaient pas mal jugé leur jeune compagnon de cellule. Pourquoi ne réagissait-il pas avec arrogance ? Pourquoi ne se montrait-il pas grossier et insultant ? C'était ainsi qu'il réagissait dans la scène qu'ils s'étaient représentée en pensée. Ils osaient à peine échanger des regards, à présent. Nos cruautés sont souvent les actes que nous regrettons en dernier. Parce que nous ne pouvons ni ne voulons les reconnaître comme telles. Mais ceci, le fait que le jeune homme pleurait, était une chose qu'ils ne pouvaient ignorer.

Walland lui-même sembla un peu secoué. Il posa la main sur l'épaule du garçon.

« Allons, écoutez… », commença-t-il.

Mais Schiller s'écarta comme pour esquiver un coup, et bondit sur ses pieds. Son visage déformé par la terreur était à demi voilé par ses longues mèches brunes.

« Je sais, hurla-t-il de nouveau, vous allez me renvoyer ! »

On aurait dit un enfant hystérique. Rien n'aurait pu le calmer. Les secondes s'étirèrent, de plus en plus intolérables, sans que rien de plus ne soit dit ni fait. Puis Schiller s'écarta du bureau du chef et partit en courant. Il se rua dans l'allée centrale en direction de la porte qui ouvrait sur le monte-charge et l'escalier principal. Il riait dans sa barbe quand il sortit du bureau.

Je suis enfin libre, se dit-il, *je suis enfin libre !*

Il se mit à descendre l'escalier quand il songea qu'il se trouvait vingt-cinq étages au-dessus de la rue. Mais il n'était pas question de retraverser le bureau. Il remonta les quelques marches qu'il avait descendues et appuya sur le bouton d'appel du monte-charge.

Bien sûr, il faudra faire face à quelques difficultés, songea-t-il comme s'il essayait de raisonner un enfant effrayé, *mais, maintenant, rien ne peut plus m'empêcher de vivre ma vie comme je l'entends !*

Il se vit quitter la ville à pied, marcher à travers la campagne, enfouir son visage dans des feuillages frais, s'immerger dans des eaux vertes et vivifiantes. S'enfoncer au plus profond du corps réconfortant de la terre.

Il reconnut le grincement métallique de la porte du monte-charge, qui s'ouvrait et se refermait tout en bas.

Non, se dit-il sentant la nervosité l'envahir, *plus rien ne me retient ici, désormais !*

Mais le monte-charge était lent. Ses chaînes cliquetaient, le hissant, tout doucement, du rez-de-chaussée vers le sommet du bâtiment. Et on aurait dit que celui-ci s'arrêtait à tous les étages par pure perversité. Schiller jeta un regard anxieux autour de lui. L'observait-on ?

Mon Dieu, j'ai oublié de récupérer mon chèque ! songea-t-il soudain. *Non, je ne peux pas retourner là-bas. Je ne pourrai plus jamais leur faire face !*

L'ascension du monte-charge résonnait de plus en plus fort dans ses oreilles. Sa nervosité rendait l'air presque électrique. Les jambes flageolantes, il agrippa la rampe de l'escalier et jeta un œil prudent en bas. Mon Dieu, comme le chemin était long pour descendre ! Et que ferait-il une fois dehors ? Il aurait mieux valu que ça lui arrive en été ou au printemps, et non à la fin du mois de septembre. Le froid n'allait pas tarder à s'installer. Et il allait se retrouver à la rue, sans abri ; parce qu'il ne pouvait pas retourner chez sa mère. Pas après ça.

« Dans quel coin de verdure de cette bonne vieille terre… »

Il sursauta.

Le monte-charge n'était plus qu'à deux étages de lui, grinçant toujours plus fort ; chariot noir qui allait le ramener en homme libre sur la terre ferme…

Mais soudain, voletant dans la gaine du monte-charge, une apparition se dressa devant lui. C'était la silhouette bleue fantomatique de son enfance. La forme spectrale lui faisait face, comme suspendue dans le vide, étouffant le cliquetis des chaînes, glissant vers lui jusqu'à ce que les traits de son visage écarlate deviennent horriblement distincts.

« *Fouettez-le*, s'éleva une voix féminine.

— *Il a besoin d'une bonne correction !* » tonna la voix du policier.

Puis l'apparition prit une dimension tactile et Schiller se tordit de douleur tandis que la sangle de cuir s'abattait violemment en travers de ses fesses et de ses cuisses nues.

« Arrêtez, arrêtez ! supplia-t-il. Je ne recommencerai plus jamais ! »

Hoquetant, criant presque, il se mit à dévaler l'escalier. Mais un obstacle se dressa aussitôt sur sa route : l'apparition lui faisait face, brandissant son terrible fouet. Il ne pouvait pas lui échapper. Il plaqua son dos contre le mur et leva les mains pour protéger son visage.

« Jamais, jamais, jamais », répéta-t-il, haletant comme un animal traqué.

« *Oui, c'est ça !* cria la femme. *Une bonne raclée !* »

Il était sur le point de se recroqueviller misérablement sous les coups, quand soudain ses yeux se posèrent sur l'escalier qui menait au toit. La voie était libre. Il s'élança dans cette direction comme s'il traversait un écran de flammes. En plein délire, il se hissa à quatre pattes en haut des marches de pierre, prit le petit couloir en spirale, puis contourna le mécanisme vrombissant du monte-charge pour atteindre la porte qui donnait sur le toit. Elle s'ouvrit d'une simple pression du bout des doigts, comme si quelqu'un l'attendait là-haut, prêt à recueillir le fugitif qu'il était sur la terrasse inondée de lumière dorée.

Il claqua la porte derrière lui, terrifié, et avança sur le gravier. Le sentiment familier de liberté l'enveloppa et il se calma doucement. Ce n'était pas la liberté qu'offre le vaste monde mais celle des hauteurs. La liberté contemplative. D'ici, il pouvait voir à des kilomètres et des kilomètres à la ronde, sans bouger, en toute sécurité.

Ayant momentanément oublié le fantôme bleu, il admira l'éclat glorieux de cette matinée. Il approcha du bord côté façade jusqu'à ce qu'il parvienne à distinguer les champs, au-delà de la rivière. Une sorte de flamboyance vert et or voilait les falaises de l'Illinois. Et le ruban blanc de l'autoroute qui sillonnait à travers les terres s'étirait avec une obstination moqueuse vers le nord et le sud, vers des espaces de liberté inexplorés !

Mon Dieu, le soleil brillait tellement ! Mais cela ne durerait pas. Bientôt, la saison des pluies reviendrait. Un brouillard glacial s'abattrait sur la ville. Alors il ne serait plus possible de distinguer les fragments scintillants de la rivière brune, l'arche noire majestueuse du pont, les falaises lumineuses et les belles ondulations, les sublimes mouvements, de la terre qui filait, loin, très loin.

« J'ai peur ! » s'écria-t-il.

Et il se remit à sangloter comme un enfant.

Il jeta un coup d'œil du côté de la porte étroite. Elle était bien là. Il avait envie de revenir sur ses pas, maintenant. Il s'était calmé ici, dans la lumière du soleil, et il sentait qu'il était temps de regagner l'escalier et de quitter l'immeuble, sain et sauf. Seulement la porte était fermée. Il était impossible de dire ce qui se trouverait derrière lorsqu'il l'ouvrirait. La grande silhouette bleue l'attendait peut-être, tapie dans l'obscurité du petit local. Le spectre armé du fouet…

Il approcha de la porte d'un pas prudent, regardant régulièrement à droite et à gauche pour vérifier que personne ne l'observait. Il n'arrivait pas à se persuader qu'il était seul sur ce toit. Il avait le sentiment que quelqu'un le suivait. Il fit volte-face. Non, il n'y avait personne. Le crissement de ses pas sur le gravier le fit sursauter. Il leva les yeux. Un nuage semblait se rapprocher du soleil.

Gagner la porte ?

Non, il ne pouvait pas voir ce qu'il y avait derrière !

« Je ne peux pas descendre par là », murmura-t-il, s'éloignant soudain de la porte.

Il retourna vers le bord du bâtiment et, précautionneusement, scruta la façade. Il y avait forcément un escalier de secours quelque part. Mais il n'en voyait aucun d'où il se tenait. Et il craignait d'avancer trop près du bord. Il risquait de tomber.

Au désespoir, il se mit à faire le tour du toit d'un pas lent, comme pour tromper sa peur.

« Pas question ! » sanglota-t-il, têtu.

Mais l'ombre était toujours là-haut. Et elle se rapprochait. Il ne lui restait que quelques secondes pour s'échapper. Il regarda la porte fermée. Peut-être pourrait-il tenter de l'ouvrir pour redescendre du toit. Mais quelqu'un l'attendait dehors. Il se rappela avec quelle facilité la porte s'était ouverte : d'une simple pression des doigts. C'était un piège. Quelqu'un l'attendait ici depuis le début. Il sanglota.

« Non… »

* * *

« Il est tombé de quelle hauteur ?

— Il a sauté du haut du toit !

— Mon Dieu ! Vingt-cinq étages ! Ce n'est pas un record, ça ?

— Je dirais qu'il est mort avant de s'écraser au sol, mais on ne peut pas en être certain !

— Je l'ai entendu hurler !

— Des témoins ?

— Ces deux religieuses ont évité la collision de justesse !

— Reculez, maintenant ! Ce n'est pas un spectacle pour les dames…

— Je le connais, je le connais !

— Qui êtes-vous ?

— Je travaille… je veux dire, *il travaillait* dans mon bureau !

— Ah ouais ?

— Ouais, ouais ! C'est bien son costume ! Edward Schiller ! Il vient juste d'être renvoyé ! »

Un long véhicule blanc se rangea le long du trottoir et des hommes en tenue blanche en descendirent. Ils fendirent la foule et fixèrent la chose qui gisait par terre, impuissants.

« Allons, les gars ! Ramassez-le ! »

Avec des gestes délicats, ils entreprirent de rassembler au mieux les fragments humains, leurs mains protégées de gants en caoutchouc blanc. Puis ils les placèrent sur un brancard en toile qu'ils glissèrent furtivement dans le long véhicule blanc avant de repartir. Déjà, un homme s'était avancé avec une poubelle, un sac de sciures de bois et un balai de rue. Lentement, méthodiquement, il balaya les dernières traces de chair et de sang. Quand il eut terminé, un autre homme apparut avec un tuyau d'arrosage et lava le trottoir. La foule se dispersa. Les voitures se remirent à circuler normalement sur la chaussée. Les fenêtres furent abaissées. Le spectacle était terminé.

Table des matières

Composition et mise en pages
par Facompo Lisieux

#lisez!
engagé
www.lisez.com
Pour plus d'information :
Imprimé sur du papier issu de forêts gérées durablement.

Achevé d'imprimer en janvier 2025
par Normandie Roto Impression s.a.s.
61250 Lonrai (Orne)
N° d'édition : 67933/01 – N° d'impression : 2406030

Imprimé en France